光文社文庫

文庫書下ろし／長編時代小説

赤い雨

新・吉原裏同心抄(二)

佐伯泰英

光　文　社

この作品は光文社文庫のために書下ろされました。

目次

新吉原廓内図

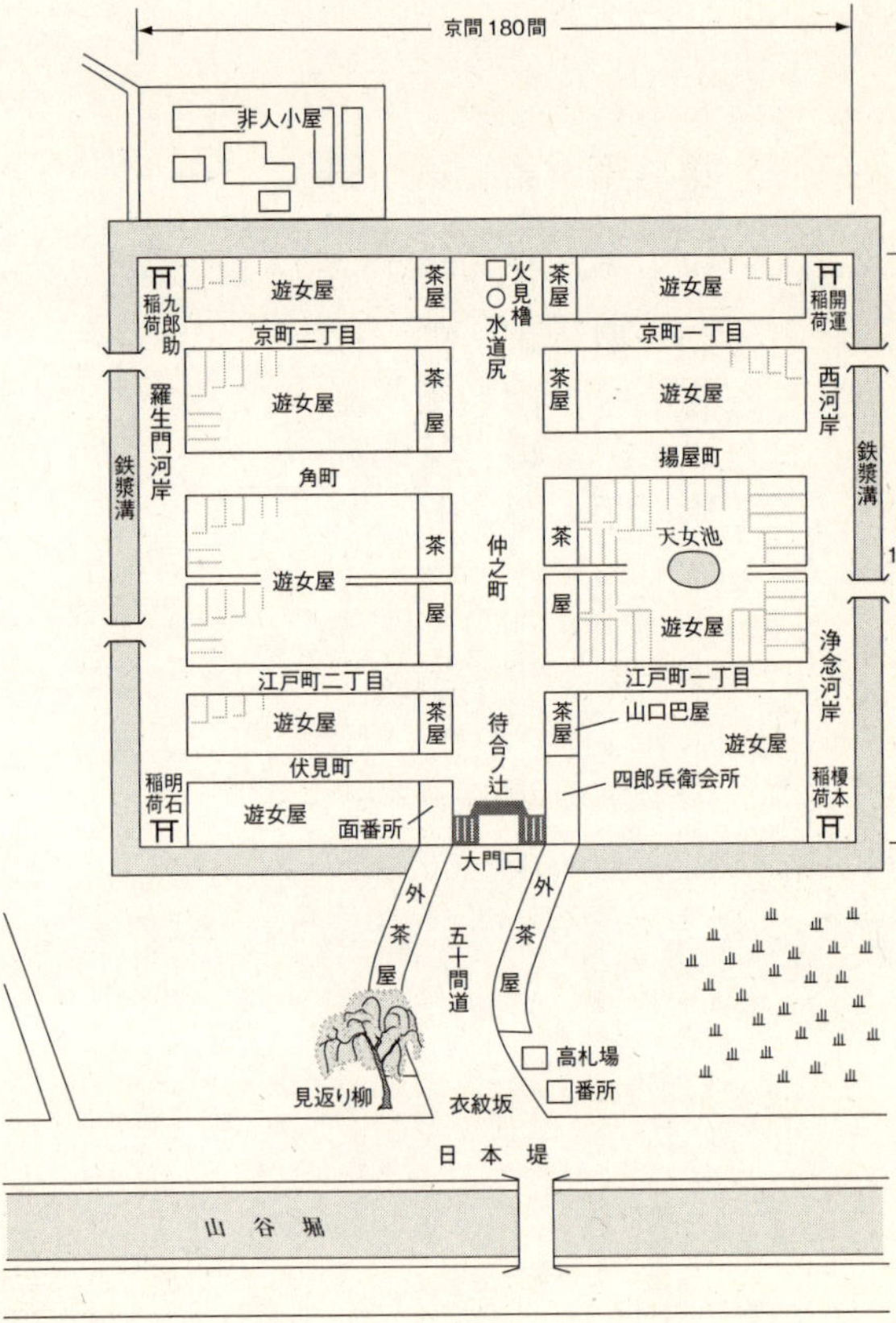
京間180間
非人小屋
九郎助稲荷
遊女屋
茶屋
火見櫓
水道尻
開運稲荷
京町二丁目
京町一丁目
羅生門河岸
鉄漿溝
西河岸
揚屋町
角町
天女池
仲之町
京間135間
江戸町二丁目
江戸町一丁目
浄念河岸
山口巴屋
待合ノ辻
伏見町
四郎兵衛会所
明石稲荷
榎本稲荷
面番所
大門口
外茶屋
五十間道
高札場
番所
見返り柳
衣紋坂
日本堤
山谷堀

北
東
南
西
鐘ヶ淵
大橋
隅田村
千住道
小塚原
三河島
日暮里
田端
駒込
谷中
日本堤
隅田川
寺島村
金杉上町
新吉原
今戸町
千駄木
白山
下谷
鷲神社
山谷堀
今戸橋
小梅村
東叡山寛永寺
浅草寺
根津権現
御薬園
小石川
本郷
東本願寺
浅草花川戸町
中堂
幡随院
広徳寺
阿部川町
伝通院
吾妻橋
竹町ノ渡し
新堀川
田原町
不忍池
三間町
並木町
駒形堂
菊坂町
池之端仲町
下谷広小路
御徒町
蔵前
春日町
湯島天神
水戸徳川家
森田町
牛込
神田川
神田明神
外神田
向柳原
御米蔵
神楽坂
牛込御門
小石川御門
水道橋
天王町
浅草橋
柳橋
御竹蔵
昌平橋
筋違御門
和泉橋
柳原土手
両国広小路
番町
本所
田安御門
組板橋
雉子橋御門
一ツ橋御門
内神田
馬喰町
回向院
両国橋
市谷
竪川
神田橋御門
清水御門
市谷御門
小伝馬町
今川橋
日本橋
新大橋
常盤橋御門
北町奉行所
小名木川
室町
江戸城
麹町
半蔵御門
江戸橋
呉服橋御門
南茅場町
仙台堀
深川
日本橋
材木町
西之御丸
南町奉行所
鍛冶橋御門
八丁堀組屋敷
永代橋
京橋
霊岸島
富岡八幡宮
桜田御門
赤坂御門
永田町
山王日枝神社
数寄屋橋御門
西本願寺
石川島
越中島調練場
新橋
築地
溜池
幸橋御門
汐留橋
佃島

貴船神社
鞍馬寺
延暦寺
比叡山
上賀茂神社
深泥池
妙円寺
新宮神社
修学院離宮
賀茂川
半木神社
高野川
曼殊院
詩仙堂
下鴨神社
天寧寺
上御霊神社
相国寺
烏丸通
鴨川
銀閣寺（慈照寺）
内裏（御所）
堀川通
如意ヶ岳
永観堂（禅林寺）
一之船入
南禅寺
三条大橋
錦市場
知恩院
粟田口
祇園
祇園社
河原町通
高台寺
烏丸通
建仁寺
八坂の塔
六波羅蜜寺
清水寺
東海道
方広寺
東本願寺
妙法院
智積院
三十三間堂
奈良街道
万寿寺
東福寺
伏見稲荷

京 概略図

神護寺
常照寺
大徳寺
金閣寺(鹿苑寺)
龍安寺
等持院
仁和寺
大報恩寺
北野天満宮
大覚寺
千本通
妙心寺
所司代屋敷
二条城
広隆寺
天龍寺
嵐山
島原
松尾大社
桂川
西大路通
西芳寺(苔寺)
西本願寺
丹波口
天神川
桂の渡し
東寺
桂川
北
東
南
西

『赤い雨』主な登場人物

神守幹次郎
豊後岡藩の馬廻り役だったが、幼馴染で納戸頭の妻になった汀女とともに逐電の後、江戸へ。吉原会所の頭取・七代目四郎兵衛と出会い、剣の腕と人柄を見込まれ、「吉原裏同心」となる。示現流と眼志流居合の遣い手。

汀女
幹次郎の三歳年上の妻女。豊後岡藩の納戸頭との理不尽な結婚に苦しんでいたが、幹次郎と逐電、長い流浪の末、吉原へ流れ着く。遊女たちの手習いの師匠を務め、また浅草の料理茶屋「山口巴屋」の商いを任されている。

加門 麻
元は薄墨太夫として吉原で人気絶頂の花魁だった。吉原炎上の際に幹次郎に助け出され、その後、幹次郎のことを思い続けている。幹次郎の妻・汀女とは姉妹のように親しく、伊勢亀半右衛門の遺言で落籍された後、幹次郎と汀女の「柘榴の家」に身を寄せる。

四郎兵衛
吉原会所七代目頭取。吉原の奉行ともいうべき存在で、江戸幕府の許しを得た「御免色里」を司っている。幹次郎の剣の腕と人柄を見込んで「吉原裏同心」に抜擢した。

仙右衛門
吉原会所の番方。七代目頭取・四郎兵衛の右腕であり、幹次郎の信頼する友でもある。

玉藻
引手茶屋「山口巴屋」の女将。四郎兵衛の実の娘。幼馴染の正三郎と祝言を挙げた。

村崎季光
南町奉行所隠密廻り同心。吉原にある面番所に詰めている。

桑平市松
南町奉行所定廻り同心。これまで幹次郎とともに数々の事件を解決してきた。

嶋村澄乃
亡き父と四郎兵衛との縁を頼り、吉原にやってきた。吉原会所の若き女裏同心。

羽毛田亮禅
清水寺の老師。寺領で襲撃を受けた幹次郎と麻に知り合う。二人が京を訪れた事情を理解し、修業の支援をする。

彦田行良
祇園感神院執行（禰宜総統）。修業中の幹次郎を院内の神輿蔵に住まわせる。亮禅老師とは旧知の間柄。

次郎右衛門
京を代表する花街・祇園にある一力茶屋の主。祇園感心院の祭礼である祇園祭を支える旦那衆の一人。

水木
一力茶屋の女将。一力茶屋に麻を受け入れ、その修業を見守る。

河端屋芳兵衛
祇園で置屋を営む。旦那衆の一人。

一松楼数治
祇園で揚屋を営む。旦那衆の一人。

中兎瑛太郎
祇園で料理茶屋と仕出し屋を営む。旦那衆の一人。

三井与左衛門
京・三井越後屋の大番頭。旦那衆の一人。

入江忠助
京都町奉行所の目付同心。

太田資愛
京都所司代。遠江掛川藩藩主。吉原で薄墨（現在の加門麻）の贔屓でもあった。

与謝野正右衛門
幹次郎の旧藩・豊後岡藩の御使番。藩邸を置く御用のために京に滞在している。

清水谷正依
豊後岡藩の御目付。京で出くわした幹次郎と麻をつけ狙っている。

猩左衛門
旅籠たかせがわの主。四郎兵衛の仲介で、京に到着した幹次郎と麻を滞在させた。

赤い雨——新・吉原裏同心抄(二)

第一章　修業始め

一

　神守幹次郎《かみもりみきじろう》は、鴨川《かもがわ》の西岸、高瀬川《たかせがわ》の船着き場である一之船入《いちのふないり》の前にある旅籠《はたご》「たかせがわ」から祇園社境内《ぎおんしゃけいだい》の一角にある神輿蔵《みこしぐら》の二階に移った。

　引き移る前に汀女《ていじょ》に宛《あ》てて文《ふみ》を認《したた》めて早飛脚《はやびきゃく》で江戸に向けて送り出した。むろん汀女への書状には吉原会所《よしわらかいしょ》の七代目頭取四郎兵衛《とうどりしろべえ》に向けて近況を克明《こくめい》に綴《つづ》った書状が同梱《どうこん》されていた。

　祇園感神院執行《かんしんいんしゅぎょう》の彦田行良《ひこたぎょうりょう》にまず挨拶《あいさつ》に伺《うかが》うと、

「おお、お出《い》でなさったか」

と迎《むか》えてくれた。

「本日より一年ばかり、世話になります」

ほとんど身一つの幹次郎を見た彦田が、

「まずは神輿蔵に案内しまひょ」

と自《みずか》ら幹次郎を導いていった。

「存《ぞん》じてはると思うがな、祇園社の御祭神《ごさいじん》は素戔嗚尊《すさのおのみこと》どす。由来《ゆらい》は古《いにしえ》のことや。素戔嗚尊が南海《なんかい》に旅をしはった折り、一夜の宿を乞《こ》うことになりはったんや。そのとき、蘇民《そみん》将来《しょうらい》というもんが粟《あわ》を使《つこ》うた食事を作り、手厚くもてなしはったそうな。その真心《まごころ》のこもった接待《せったい》を喜びはった素戔嗚尊は、疫病《えきびょう》流行の折り、『蘇民将来子孫也《しそんなり》』と認めた護符《ごふ》を持つもんは災禍《さいか》から免《まぬが》れると約束しはったんや。そんなわけでな、『蘇民将来子孫也』の護符をもって祭礼に奉仕するのが祇園の慣わしどす」

と説明しながら神輿蔵の前に幹次郎を連れてきた。

天井の高い神輿蔵は細長い建物ですでに扉が開かれていた。

「真ん中の神輿が祇園感神院の主祭神《しゅさいじん》の中御座《なかござ》素戔嗚尊様どす。両隣の神輿が東御座の櫛《くし》稲田姫命《いなだひめのみこと》と西御座の八柱御子神《やはしらのみこがみ》でしてな、三基ともにお休みにならはってます」

三基の神輿が静かに鎮座《ちんざ》している様子を語った。

幹次郎は何百年もの歳月に染《そ》められた三基の御神輿へ深々と拝礼《はいれい》して胸中で、

（この一年、蔵の片隅にて過ごさせて下され）

と願った。

「こちらがあんたはんの住まいや」

次に案内されたのは建物の西側で、階段があった。そこは道具などの置き場のように思われた。

「階段の上にな、祇園の祭礼の打ち合わせやらなんやらで、禰宜《ねぎ》やら門前町《もんぜんまち》の町衆《ちょうしゅう》の旦那《だんな》が集《つど》う広間がございましてな、控《ひか》えの間があんたはんの住まいですわ」

と案内されたのは二階の奥、水屋《みずや》が設《もう》けられた廊下の端《はし》の座敷で、八畳ほどの広さであった。文机《ふづくえ》があり、夜具《やぐ》が片隅に積んであった。

「ここが住まいやけど足りぬもんはなんでもな、祇園社の勝手に言うとくれやす」

「それがしには十分な住まいにございます。それにしてもそれがしに由緒《ゆいしょ》ある祇園感神院の御神輿を護《まも》る役目が果たせましょうか」

幹次郎は江戸吉原の裏同心《うらどうしん》務めで穢《けが》れに染まったわが身が、祇園社の御役に立てるであろうかと改めて案じて彦田執行に念押しすると、

「立てます」

と彦田執行が即答した。

幹次郎が彦田を見ると、しばし間を置いて言い出した。

「そなたの姓《せい》の神守やけどな、西国《さいごく》に仰山《ぎょうさん》いはりますか」

「神守の姓でございますか。一族というても、わが身内は代々下士《かし》の身分でございました。それがしが知るかぎり神守姓はわが一家しかおらぬようです」

「ありそうで聞いたことがおへん。神守と書いて、かもり、とか、かんもり、と読ませる土地はな、尾張《おわり》や伊勢《いせ》にあると聞いたことがおます。それも神守の神を、か、とか、かん、とか呼んでますな。一方、あんたはんの神守の神は、かみ、と読ませてますな。あんたはんの先祖は、神様をお守りせよとの宿命を負《お》うたんとちゃいますやろか。そやから、あんたはんもな」

と彦田執行は、幹次郎が祇園感神院に寄宿するのは古よりの縁《えん》あってのことだと言った。

幹次郎はしばし沈思《ちんし》した。これまでわが姓の由来を考えたこともなかったからだ。

「それがし、わずか一年足らずにございますが、祇園社の祭神を護る役目を負うたのでございますか」

「祇園社の祭神を護ることはこの門前町に住む人々の暮らしを護ることや。それがあんたはんのさだめや、務めどす」

彦田執行の言葉を聞いた幹次郎は、

「それがし、できるかぎり力を尽くします」

と潔《いさぎよ》く返事をし、

「それでよろしおす」

と彦田が応じた。

幹次郎は、彦田執行が立ち去ったあと、わずかな荷を整理した。そのあと祇園社の台所に顔出しし、その場にいた禰宜衆に、

「それがし、本日から神輿蔵の二階にお世話になる神守幹次郎と申す者にござる。京に住まいするのは初めてのことです。右も左も分かりませんが宜《よろ》しくお付き合いのほどお願い申し上げます」

と頭を下げて挨拶すると、

「彦田執行からあんたはんのことは聞いてます。うちは、彦田執行の下で祭礼から日々の暮らしまでを担当します一条治継《いちじようはるつぐ》いいます。神守様、こっちこそ、よろしゅう頼んます」

と言った一条が、

「朝餉《あさげ》は六つ半（午前七時）、昼餉は九つ（正午）、夕餉は六つ（午後六時）時分です。食べる、食べへんは神守様の都合次第でかましまへん」

と告げた。

神守幹次郎は清水寺《きよみずでら》へ向かい、庫裡《くり》を訪《たず》ねて羽毛田老師《はけたろうし》に引っ越しの挨拶ができるかどうか納所僧《なっしょそう》に尋《たず》ねた。

「神守様、老師から今日挨拶に来はるて聞いてますえ。老師はな、ただ今舞台《ぶたい》にいはります」

「ならばそれがし舞台を訪ねてようござろうか」

頷《うなず》く納所僧に幹次郎は清水の舞台に向かった。すると独《ひと》り羽毛田老師が洛中《らくちゅう》に向かって合掌《がっしょう》し、読経《どきょう》をしている様子だった。

刻限《こくげん》は日盛《ひざか》りの九つ時分だ。

幹次郎は老師の読経が終わるのを静かに待った。読経は幹次郎をそう長く待たせることなく終わった。そして、後ろを振り返ると、

「神守様どしたか」

「読経の邪魔を致しまして申し訳ございません」

「なんのこともおへん。一日三遍《べん》の日課でな、年寄りの勝手どす」

「一日三遍と申されますと、なんぞ曰《いわ》くがございますので」

「神守様、こっち来てな、洛中を見なはれ」

と老師が命じた。

幹次郎はそれに従い、舞台の階《きざはし》から洛中を眺め下ろした。麻《あさ》と一緒に眺めて以来、二度目のことだった。

あの折り、桜の花が風に舞い、なんとも美しい光景は見飽きなかった。だが、今は若緑の葉桜に変わっていた。

「見事な景色にございます」

「神守様、よう見なはれ。天明《てんめい》八年（一七八八）の大火《たいか》の焼け跡《あと》が、新築された禁裏《きんり》（内《だい》裏《り》）や町屋《まちや》の間に残ってるやろ」

「えっ、天明八年と申しますと、四年前に京は大火に見舞われましたか」

幹次郎は京を見舞った災禍に気づかなかった己の迂闊《うかつ》を悔《く》いた。

「正月三十日にな、鴨川岸宮川《みやがわ》町《ちょう》団栗《どんぐり》図子《のずし》より出火してな、風に乗った焔《ほのお》が鴨川を越《に》えて寺町《てらまち》四《し》条下《じょうさが》ルにある永養寺《えいようじ》まで飛び移りましたんや。その折りな、禁裏を始め、二条城《じょうじょう》ほか三十七社二百一寺千四百二十四町が類焼《るいしょう》する大火事になりましてな。火は三日間燃え続け、二月二日早朝にようよう鎮火《ちんか》しましたんや」

「京に参ったことに上気《じょうき》して、大火の跡に気づきませんでした」

「大きな火事どした。町衆が必死になって再建に努《つと》めはったさかい、一見表通りには火事の跡は見えまへん。けどな、東は二条新地《しんち》、西は千本通《せんぼんどおり》、北は今宮《いまみや》の御旅所《おたびしょ》、南は七条《しちじょう》通までおよそ町屋六万五千三百所帯が罹災《りさい》しましたんや。禁裏も燃えた言いましたやろ、老中松平定信《まつだいらさだのぶ》はんが幕府から二十万両《りょう》を調達して今から一年と少し前の寛政《かんせい》二年（一七九〇）十一月に再建がなりましたんや」

幹次郎は言葉もなく京の町並みを眺めた。

（そうだったか、老中松平定信の財政緊縮《きんしゅく》策は謂《いわ》れのないことではなかったのか）

江戸の吉原だけを見ている己の浅慮《せんりょ》がなんとも情けなかった。

「愚僧《ぐそう》はな、あの火事の光景は忘れしまへん。この京を焔が燃やし尽くしてる光景をこの舞台から眺めて、ただ読経するしかあらへんかった己が情けのうおした」

「老師が一日三遍読経なさるのは天明の大火で亡くなられた人々を供養《くよう》するためでございますか」

「まあ、そういうことどす」

「朝の読経にそれがしも一緒させて下さりませぬか」

「祇園社の神輿蔵に引っ越しされたようやな」

はい、と頷く幹次郎に、

「なんの差支《さしつか》えもあらへん」

と老師が応じた。

幹次郎は改めて洛中を見詰め、清々《すがすが》しい葉桜の下にある哀《かな》しみに心を痛めた。


清水寺の老師の部屋で読経を習い、昼下がりの八つ半（午後三時）時分に、祇園社の門前町といえる四条《しじょう》通と花見小路《はなみこうじ》の交わる辻に大きな見世《みせ》を構えた茶屋《ちゃや》一力《いちりき》に麻を訪ねた。

麻は幹次郎より一日前に、旅籠のたかせがわから一力に住み込み奉公《ぼうこう》に入っていた。

幹次郎がたかせがわを出て祇園社の神輿蔵に引っ越した折りには、一力に挨拶に向かうことになっていた。

幹次郎は広壮な敷地の一力の勝手口に回り、訪《おとな》いを告げた。

大きな台所だが、静かな佇《たたず》まいだった。

「ご免《めん》下され」

と願うと、

「どなたはん」

と女の声がして姿を見せたのは若い娘だった。

「お侍《さむらい》はん、ここは表とちゃいますえ」

「承知じゃ。それがし、客ではござらぬ。こちらに昨日より世話になっておる加門《かもん》麻の義《ぎ》ど出直して参る」

兄神守幹次郎と申す。こちら一力亭の旦那どのと女将《おかみ》様に挨拶に参った。多忙なれば後ほ

「加門麻様の義兄《けい》はんどすか」

と娘が初めて知ったという顔付きで、

「待っとくれやす」

と姿を消した。するとすぐに娘が戻ってきて、

「神守様、お待たせしました。表から入ってもらうようにとのことどす」

「最前も申したが、本日は引っ越しの挨拶にござる。それがし、勝手口のほうが慣れておるでな、こちらから上がらせてもらいたい」

と願った。

「そうどすか」

と言いながらも娘は刀を手にした幹次郎を一力茶屋の帳場《ちょうば》へと案内していった。

「お邪魔致す」

と廊下に坐《ざ》した幹次郎が挨拶して帳場を見ると一力の主《あるじ》の次郎右衛門《じろうえもん》と女将の水木《みずき》、それに麻が呉服《ごふく》屋の番頭《ばんとう》に季節の反物《たんもの》を見せられていた。

「おお、神守様、ええとこに来はった。麻様のな、着物を品さだめしてるとこどすわ」

と次郎右衛門が言い、水木が、

「神守様、遠慮せんと帳場に入っとくれやす」

と許しを与えた。

「どうやら祇園社の神輿蔵に引っ越しを済まされましたかな」

「引っ越しと申してもそれがし身一つゆえ、容易なものにございます」

幹次郎と主の問答を麻が黙って聞いていた。

「いかがですかな、神輿蔵の住まいは」

「主どの、それがしには勿体《もったい》なき座敷にございます」

「彦田執行はんはなんぞ言わはったかいな」

「それがし、これまで己の姓名に深い考えを致したことはござらなんだ。なにしろ西国の大名家《だいみょうけ》の下士にござりましたでな、名はあってなきが如《ごと》きの暮らしにござった。彦田執行様が申されるには、神守は神輿蔵の番人に相応《ふさわ》しい姓である、それがしが京にて住まいするところは神輿蔵しかないと申されました」

「おお、うちらも神守様の姓に無頓着《むとんちゃく》どした。彦田様は神守様と会わはったときから神輿蔵を住まいにと考えてはったんか」

「さてそこまでは。ともあれそれがし、祇園社の祭神素戔嗚尊、櫛稲田姫命、八柱御子神の神輿を護る決意を固めて、彦田様と別れたあと、清水寺に参り、羽毛田亮禅《りようぜん》老師に報告してこちらに参りました」

と幹次郎は告げると帳場座敷をぐるりと見廻し、麻に初めて視線をやった。

「麻、そなた、天明八年正月三十日に宮川町団栗図子から出た火事のことを知るまいな」

と尋ねた。

「天明八年と申されますと四年前のことですか、それがなにか」

「洛中の多くが焼失するような大火事であったそうな。羽毛田老師からお聞きして、こちら一力亭に火が入らなかっただろうかと案じたところだ」

「神守様、うちらも信じられまへん。宮川町から出火したにも拘《かか》わらんと、うちは無事どした。洛中の大半を焼いた大火事どしてな、二昼夜燃えましたがな」

と女将の水木も言った。

「義兄上《あにうえ》、私はなにも存じませんでした」

「こちらが焼失していたら、そなたが厄介《やつかい》になることなどできなかったであろう」

幹次郎と麻の会話を聞いていた次郎右衛門が、

「そうやな。茶屋が焼けてたら建て直しに莫大《ばくだい》な借財《しやくざい》を負うてましたやろ。江戸のお方とお付き合いなんて考えられまへんどしたわ」

と言ったとき、最前の娘が戻ってきて、

「旦那はん、過日、うちにお上がりになられました西国の大名家のあの用人はんが、今宵《こよい》も客をもてなすさかい、座敷を空《あ》けておけと言うてはります」

と小声で告げた。

「これまで一銭もお金を払わんと、これで三度目どす。もはやお断りするしかおへん」

「旦那はん、女将はん、怖い用心棒を二人連れておいでどす」

「困りましたな」

次郎右衛門の視線が幹次郎に止まった。

「西国の大名家と申されましたが、京屋敷を構えておられる大名家ですか」

と行き掛かり上、幹次郎が問うた。

「肥前国《ひぜんのくに》の大名はんどす。京でも大名方の用人はんがな、金も払わんと無理難題を言わはって、どこの茶屋や揚屋《あげや》も難儀《なんぎ》してます」

「次郎右衛門どの、それがしが応対してようございますか。むろんこちらと関わりなき祇園感神院の神輿蔵の番人として応対させてもらいます」

「神守様にさようなことをしてもろてええんやろか」

と腕前を見せてもらいましょうといった表情で次郎右衛門が言った。

「こちらに迷惑が掛からぬよう大人しゅうお帰りを願います」

「うちも一緒しまひょか」

「いえ、こちらの娘御《むすめご》に口を利《き》いて頂ければ宜しいかと存じます。こちらへの未払いの金子《きんす》はいくらにございますか」

「いくらやったかいな。そやけど神守様、それはええ。二度とうちに上がらんならええことにします」

主の言葉に頷いた幹次郎は帳場格子《ごうし》の主夫婦に一礼すると娘に従った。

「大丈夫やろか」

と水木が案じる言葉を漏《も》らした。

茶屋商売にとって武家方も客のうちだ。だが、金子を払わずに遊ぼうなどというのは野暮《やぼ》の骨頂《こっちょう》だ。

「旦那様、女将様、ご案じなさることはございません」

と麻が二人に話しかけた。

この間、呉服屋の番頭は黙って問答を聞き、どのような結果になるかと、こちらは興味津々《しんしん》の顔だった。

玄関の方角から西国訛《なま》りで喚《わめ》く声が響き、相手が刀を抜いた気配のあと、

「うーっ」

とか
「ぐっ」

という呻《うめ》き声が響いた。続いて用人に話しかける平静な声が伝わってきて、幹次郎が戻ってきた。

「お帰りになられました」

幹次郎は出ていったときと同じく落ち着いた表情と声音《こわね》であった。幹次郎のあとに従ってきた娘が、

「旦那はん、女将はん、このお方、刀も抜かんと二人をあっさりと」

「始末しはったんか」

「へ、へえ。うち、なにが起こったか分からしまへん。そやけど、二人の用心棒侍がどたりどたりと倒れはられて」

次郎右衛門と水木が幹次郎の顔を見た。

「麻様、大丈夫どしたな」

と水木が漏らし、

「さよう申し上げました」

と応じる麻の声音も平静だった。

二

幹次郎は麻が一力茶屋で奉公の折りの時節の反物を選ぶのに付き合い、そのあと、主夫婦の許しを得て麻の暮らす座敷を見せてもらうことになった。

外観の紅殻《べんがら》の壁の一辺から見て、吉原の大見世三浦屋《みうらや》の敷地の何倍もの広さがあった。

案内されて庭の見える廊下を通っていく間に麻が、

「幹どの、未《ま》だ一力の一部が分かっただけです。やはりお茶屋さんと申しても広さも座敷の普請《ふしん》も江戸とは違います」

と言った。

「江戸を出る前、四郎兵衛様が『江戸の町屋の建物と京の普請は別物です、江戸の普請は火事で燃えることを想定しての見掛け倒しの仮普請でございましてな』と申された言葉が島原《しまばら》の角屋《すみや》や一力亭を見てようよう理解できた」

庭伝いの廊下を歩きながら麻に応えていた。やはり千年の都は規模《きぼ》と風格が違うと思った。

「まあ、二、三日かけてまずは茶屋の内部を頭に叩き込むことだ」

「女将様もそう申されます」

と言った麻が連れていったのは小さな納戸《なんど》部屋と床《とこ》の間が付いた六畳間だった。

「よき住まいではないか」

「幹どのの神輿蔵の部屋はいかがでございますか」

「それがしには十分過ぎる贅沢《ぜいたく》な座敷であるな」

「それはなによりでございました」

とそう言った麻が納戸部屋から風呂敷包みを出して、

「幹どのが当座暮らしていけるだけ、下着や普段着を購《あがな》って揃《そろ》えてございます。なにか足りないものがあれば麻が買っておきます」

「それがしとて吉原に世話になったあと、長屋暮らしから柘榴《ざくろ》の家の住まいまで経験してきた者じゃぞ。独り暮らしができぬことはない。この包みを頂戴《ちょうだい》したら暇《いとま》を致そう。次にこちらに参る折りは三日後の旦那衆の集いの日であろう」

幹次郎は麻の座敷に入ることなく廊下にて事をすませ、辞去《じきょ》することにし、帳場へと戻った。確かに一力茶屋の建物の構造を頭に叩き込むだけで何日もかかりそうな茶屋の一階の広さだ。

帳場に戻った幹次郎は、

「次郎右衛門様、義妹《いもうと》に立派な座敷を与えて頂き、恐縮しております」

と礼を述べた。

「うちらな、神守様と麻様の京滞在の一年が楽しみになりましたわ。あんたはんが吉原の頭取に信頼される謂れが分かりました。麻様の勤《つと》めを女房がなにより楽しみにしてましてな、さすがに吉原で全盛を極めた太夫《たゆう》はんは違《ちご》てます。一を聞いて十を知る才を持ってはるのに、そんなことお顔に出さはりまへん。武家方の出と聞いてますけど、ええお方がうちに来てくれはった」

と次郎右衛門が言った。

「主どの、こちらにそれがしが役に立つことがあれば、なんでもお申しつけ下され。それがしも麻も経験することで覚えることが数多《あまた》ございましょう」

幹次郎の言葉に次郎右衛門が、

「家《うち》の商《あきな》いは夕暮れからどす。神守様が商いの最中《さなか》に顔を出していかはると、家は安心して商いに専念できます」

「ならば五つ半（午後九時）から四つ（午後十時）時分に勝手口から顔を出します」

「奉公人はな、もはや神守様のことをとくと承知してます。いつなりともお訪ね下され。

かようなご時世やさかいあれこれと揉《も》めごとがおますでな」

「承知致しました」

と応じた幹次郎は茶屋の裏口から花見小路の一角に出た。

麻から衣類などの包みを受け取った幹次郎はいったん祇園社の神輿蔵に戻り、刻限を見計らって夜の祇園を見守ろうと考えた。

その道々、わずか実質四年余りで大火事から復興《ふっこう》をなし遂げようとしている京の底力を改めて考えた。そして四郎兵衛が、

「京は本普請、江戸は仮普請」

と教えてくれた意味を考えていた。

(この京からなにを学べばよいのか)

幹次郎と麻が京に到着して十日ばかり、残された日にちはもはや十一月《とおあまりひとつき》足らずしかないのだと肝《きも》に銘《めい》じた。

祇園社の神輿蔵の前に戻ってみると、若い禰宜が、

「神守様、食堂に案内しまっせ」

と待ち受けていた。

「それは恐縮です。この包みを部屋に置いて参ります。朝餉の折り、一度参りましたので

なんとか行けるかと存じますが」

と言い残し、神輿蔵の二階へと向かった。

座敷に戻った幹次郎はふと違和に気づかされた。

何者かが部屋に入ったような感じを持った。だが、祇園社の神輿蔵の二階座敷に入る者があろうかと、幹次郎は、己の考え過ぎではないかと思い直した。

座敷の行燈《あんどん》を用意していた火打石で灯《とも》すと、文机の上に紙片が一枚残されていた。曰く、

〈京に長居するを許さじ〉

とあった。

（われらは京にて歓迎されているばかりではない）

と幹次郎と麻の京修業を快《こころよ》く思わぬ人間がいるのだと肝に銘じた。


吉原はいつものように昼見世を終え、夜見世に備えて静かなひとときを過ごしていた。

嶋村澄乃《しまむらすみの》は老犬の遠助《とおすけ》を伴《ともな》い、仲之町《なかのちょう》を水道尻《すいどじり》に向かって歩いていた。すると通りで薄化粧の桜季《さくらぎ》とばったりと会った。

「あら、桜季さん、どうしたんですか」

「高尾花魁《たかおおいらん》の遣《つか》いで引手茶屋《ひきてぢゃや》山口巴屋《やまぐちともえや》を訪ねるところよ。明日、汀女先生の手習い塾が

あるので座敷を借り受ける挨拶なの」

「それはご丁寧なことですね」

山口巴屋の玉藻《たまも》には産月《うみづき》が迫っていた。とはいえ、吉原会所の七代目頭取は玉藻の父親であり、汀女の塾はこれまで幾《いく》たびも開かれていた。当然汀女から玉藻へと手習い塾のことは断りがなされているだろうと思った。

遠助が桜季の足元で尻尾《しっぽ》をゆっくりと振っていた。

「遠助、元気なようね」

桜季が懐紙《かいし》に包んでいた焼魚の切り身を遠助に差し出した。桜季が局《つぼね》見世に落とされていたとき、豆腐屋の山屋《やまや》と遠助の存在が心の折れそうな桜季をなんとか支えてきたのだ。

小さな魚のかけらを遠助に与えた桜季が、

「高尾花魁は玉藻様のお腹《なか》のやや子の具合が知りたいのだと思うわ、いつもやや子のことを口にして気にしておられるもの」

と言った。

「ここんところ急にお腹が大きくなりましたものね。いつ生まれても不思議はないと思います」

「ということは未《ま》だやや子は生まれてないのね」

「私の知るかぎり、最前までは。生まれたら七代目がああ落ち着いていられないと思いますけど。番方《ばんがた》の話だと玉藻様のお産が気になるのか、頻繁《ひんぱん》に文を書いて気を他に向けておられるそうよ」

「七代目にとって初孫だものね。ということは茶屋を訪ねても同じことかしら」

「塾のことならば私から玉藻様に伝えておきますよ」

「ありがとう」

と返事をした桜季に澄乃が、

「桜季さんの用事も済んだでしょ。遠助に会えたんですから」

「女裏同心ったらすべてお見通しね。もしかしたらどなた様かの跡継ぎになったのかしら、澄乃さんは」

「あのお方ね、どこでどうしておられるのかしらね」

「澄乃さんも知らないの」

「この一件の真相を承知なのは七代目と桜季さんの抱え主三浦屋の四郎左衛門《しろうざえもん》様のお二人だけではないかしら」

「えっ、うちの主様も承知なの」

「だって七代目と三浦屋の主様は肝胆相照《かんたんあいて》らす間柄《あいだがら》でしょ」

二人の女は廓《くるわ》での立場は違っても心を許し合った仲といってよい。二人を結びつけたのは神守幹次郎だ。

「うちの楼《ろう》でもだれもが神守様の放逐《ほうちく》とやらをああでもないこうでもないとお喋《しゃべ》りしあっているわ。だけどだれも確たる証《あかし》のある話はしないわね」

と澄乃が言った。

「桜季さんが無言で朋輩《ほうばい》衆や男衆《おとこし》の話を聞いている様子が目に浮かびます」

「ふっふっふ」

と笑った桜季が、

「わたし、馬鹿げた真似をして喋るより、黙っているほうが物事の道理が分かるんじゃないかと気づいたの。とすれば、この一件を承知のお方がもう一人おられるわ」

「汀女先生かしら」

「澄乃さん、間違いないわ。だけど汀女先生の口はだれよりもかたいもの」

桜季の言葉に頷いた澄乃が、

「どこでどうしておられるか知らないけれど、神守様には必ずや吉原に、この廓に戻ってきてほしい。いや、戻ってこられるわ」

と言ったとき、二人と遠助は京町《きょうまち》二丁目の角に差し掛かっていた。

「わたし、澄乃さんと話してほっとしたわ」

「神守様にはなれないけれど、桜季さんの話し相手にはいつでもなれます」

こんどは桜季が頷き、二人は別れた。

遠助がよろよろとしながらも澄乃の前に出て、水道尻の火の番小屋を目指した。すると火の番小屋の腰高障子《こしだかしょうじ》が少し開いて新之助《しんのすけ》が顔を覗《のぞ》かせた。

「見廻りかね」

「まあ、そんなとこね。なにか変わった話はない」

「おりゃ、澄乃さんの手下になった覚えはないけどな」

腰高障子が大きく開けられると、新之助の腰に竹製の吹き矢の筒《つつ》が差し込まれているのが見えた。最初に作った吹き矢とは違い、竹筒も長くなり威力《いりょく》を増した感じがした。

「私だって手下を持つ身分じゃないわ」

「神守様のことでなにか分かったことはないか」

「たった今までその一件を桜季さんと話していたけど、どこも埒《らち》もない話しかないようね」

「どこにいなさるか皆目《かいもく》見当もつかないか」

「つかないわね。この一件ばかりは神守幹次郎様次第だと思わない」

「今まではな、だけど、こんどばかりはご当人の身のことだ。本人にもどうにも動かしようがないな」

「この問答、いくら重ねても無駄かしら」

「無益《むえき》だな」

「となると、別口はどう」

澄乃が話柄《わへい》を転じた。

しばし新之助が黙り込み、

「佐渡《さど》の山師《やまし》荒海屋《あらうみや》金左衛門《きんざえもん》の話かね」

「他にあるの」

「火の番小屋のおれに声をかけるなんて無粋《ぶすい》な野郎は他にいないな」

と言った新之助が、

「会所はおれに佐渡の船問屋《ふなどんや》の八代目荒海屋金左衛門から文が届いたのは承知していないか」

「あら、あの爺様《じいさま》、佐渡に戻っているの」

「何代も続いた船問屋を店仕舞いするために戻ったそうだ」

「本気で吉原に乗り込んでくるという話なの」

「あの爺様、大籬《おおまがき》をすでに買い取ったというぜ。他の大籬とは一線を画《かく》して商いを続けてきた俵屋萬右衛門《たわらやまんえもん》方だと文に書いてきた」

「俵屋ですって」

「地味だが格別な客筋をもつ俵屋だ。角町《すみちょう》の中ほどで紅殻壁に籬なし張見世《はりみせ》なしの不思議な商いをしていた老舗《しにせ》だよな。あの楼の沽券《こけん》はすでに金左衛門の手にあるそうな」

「新之助さんに宛てた文に書いてきたのね」

澄乃は念押しした。

「そういうことだ。文の最後に、読んだら焼き捨てよと書かれていた」

「もはや文はないのね」

新之助の懐《ふところ》手《で》が動き、文を出すと澄乃に差し出した。

「いいの、頂戴《ちょうだい》して」

「あいつはよ、おれのやることなんてすべてお見通しで、おれを使ってやがる。金左衛門の爺様はおれが澄乃さんに文を渡すことも承知の上だ。ならば渡す他はあるめえ」

澄乃が佐渡から届いたという文を受け取ったそのとき、かすかに潮《しお》の香を嗅《か》いだような気がした。

「おりゃさ、あいつの話をまともには受け止めてはいない。だがよ、こいつは長戦《ながいくさ》になると思わないか」

と新之助が言った。

そのとき、澄乃は戦の場に神守幹次郎がいるかいないかで、勝ち戦になるか負け戦になるか分かれると漠然《ばくぜん》と考えていた。

澄乃は予定を変えて仲之町を引き返し、角町の中ほどに十二間《けん》（約二十二メートル）口を構える老舗の大籬の佇まいの前に立った。

澄乃がこの吉原と関わりを持つようになってさほど長いわけではない。だが、角町を一日に幾たびか通りながら目にしていた、紅殻壁に籬なしの特異な普請の俵屋萬右衛門方を見直した。

萬の一字を染め抜いた暖簾《のれん》は掛かっていたが、中に人の気配はしなかった。

澄乃がどうしたものかと迷っていると暖簾の向こうから視線を感じて、

「なにか御用かな、女裏同心さん」

と声がかかった。

「そなた様は」

「番頭の角蔵《すみぞう》ですよ」

「暖簾を潜《くぐ》ってようございますか」

「新規開店待ちですよ。客が来るわけではなし、入ってきなされ」

と角蔵が言った。

「お邪魔します」

と暖簾を潜ると、上がり框《がまち》に悄然《しょうぜん》と角蔵が坐り、煙管《キセル》を吹かしていた。

「俵屋さんは老舗の大籬、商いをお止《や》めになったのですか」

「そなた、七代目の頭取から何も聞かされていませんか」

澄乃は首を横に振った。むろんたった今、新之助から佐渡の山師荒海屋金左衛門が廓内で大籬俵屋を買い取ったと聞かされたばかりでそのことは承知していたが、知らぬ振りをした。

「俵屋は店仕舞いをなされたので」

「致しました。もはやこの楼は別の御仁《ごじん》の持ち物です」

どなたが新規の楼主《ろうしゅ》かとは澄乃は聞かなかった。その代わり、

「遊女衆はどうしておいでです」

「新しい抱え主が見えるまで楼の奥座敷で修業のし直しをしておりますでな」

「どういうことでございますか」

「お分かりにならんか。新しい抱え主はこのままでは官許《かんきょ》吉原も傾《かたむ》くと考えておりまし

てな、京の花街《かがい》から太夫を呼んでとことん遊びのやり方を手直ししておられますのさ」

「お客様は直《す》ぐにとられませんので」

「新規に開楼する折りには賑々《にぎにぎ》しくされるそうで、それまでは一人の客もとってはならぬということだそうです」

「驚きました。このこともうちの頭取はご存じですか」

「さあて、知りますまいな」

「番頭さん、さようなことを私に言うてよいのですか」

「女裏同心さん、分かってますのさ」

「分かってますって、なにがでございますか」

「新規開楼の折りは、この角蔵の居場所はありませんよ」

「と、申されますと、職を辞されますので」

「いえ、辞めさせられるということです。前の抱え主から何十年も勤めた給金《きゆうきん》は支払われず、新しい抱え主からは職をとかれます、と吉原会所の頭取に伝えてくれませんか。どこぞにこの角蔵の勤め場所はないかとね」

「分かりました。七代目と相談してみます」

と澄乃は気が淀《よど》んだ土間から暖簾を分けて表に出て、ほっと安堵《あんど》の吐息《といき》を漏らした。

そのとき、どこからか殺気をはらんだ見詰める視線を感じた。

三

澄乃は遠助を連れていったん吉原会所に戻った。

気候のよい春の夜見世前だというのに客足はにぶい気がした。素見連《ひやかしれん》の姿もあまりなかった。

「よう、女裏同心、老いぼれ犬の供《とも》で夜見世前の見廻りか」

面番所《めんばんしょ》で帰り仕度をした村崎季光《むらさきとしみつ》が小者《こもの》を伴い、大門《おおもん》を出ていこうとして、足を止めた。

「遠助はどなた様かよりずっと賢《かしこ》く、情を心得ています。老いぼれ犬などではございません。遠助に詫《わ》びて下さい」

「えらく機嫌が悪いな、なんぞ異変があったか」

「ございません。村崎様、安心して八丁堀《はっちょうぼり》の役宅にお帰り下さい」

「おお、舟を待たせてあるでな。ただし、なんぞ異変があるようなればそれがしが残り、会所の連中を指揮して対策を講《こう》じてもよいぞ」

村崎同心が澄乃に歩み寄ってきた。

「村崎様のお御足《みあし》を止めさせるような異変はございません」

「ならば、わしを山谷堀《さんやぼり》の舟まで送っていかぬか、いささか相談もある。小者相手に同じ噂話を繰り返してもつまらんでな」

「どのような噂話を繰り返しておられます」

「それは決まっておるわ。そなたの同輩《どうはい》だった神守幹次郎のことよ」

「神守様について、なんぞ噂が飛んでおりましょうか」

「あやつ、もはや吉原に戻るべき場はないな」

「と、申されますと」

「そなたら、知らぬのか」

「なにも聞かされておりませぬ」

「やはりあやつ、旧藩《きゅうはん》に戻る肚《はら》を固めたようだぞ。あやつの旧藩の同輩に聞いたところ、どこでかは知らぬが家臣の一人が旅先でばったりと西国に向かう神守幹次郎に会ったそうな。まあ、吉原で曖昧《あいまい》な身分の半生を過ごすより、下士だった時分の家禄《かろく》がいくらかでも増えるのであればそのほうがよかろう」

と村崎が言い切った。

澄乃はしばし間を置いて、

「汀女先生はどうなされますので」

「あやつが吉原を放逐された折り、汀女も別れる決心をしたのであろう。時はもとへは戻らぬということよ」

と言い足した。

「どうだ、そなたが吉原会所で女裏同心を独りで務めるには無理があろう。わしが長年の経験をすべて教えるで、ときにわしと付き合わぬか」

「村崎様、ただ今のお言葉の意はどのように解釈すればよろしいので」

「女独りで吉原会所の荒仕事はできぬということよ。ゆえにわしが手をとり足をとり何事も一から教え込もうというのだ、親切心よ」

「嶋村澄乃、未だ吉原会所の一員でございますれば、町奉行所の隠密廻《おんみつまわ》り同心の教えを受ける要はございませぬ。それより村崎様、あまり舟を待たせてもなりませぬ。小者のお方もイライラしておられる様子、八丁堀ではお内儀《ないぎ》様がお待ちでございますよ。これにて失礼致します」

「うーむ、五十間道《ごじっけんみち》もわれら面番所の監督差配《かんとくさはい》するところである。つまり会所の上役《うわやく》はこの村崎季光だ。そのわしが見廻りのコツを教えようではないか」

村崎が澄乃を執拗《しつよう》に誘った。

「あれ、あちらから神守様らしきお方が」

「な、なに、か、神守幹次郎が戻ってきたじゃと」

と大門の前から五十間道を振り返った村崎が、

「どこに神守がおるか」

ときょろきょろ見廻した。

その間に澄乃がさっさと吉原会所に向かっていき、遠助も従った。

会所の腰高障子が開いた音に村崎同心が慌てて振り返ったが、そのときは澄乃と遠助の姿は吉原会所に消えていた。

「ちぇっ、わしの親切心を無にしおって」

「旦那、妙な魂胆《こんたん》は見透かされていますぜ」

と小者が思わず漏らし、

「そのほう、わしの言葉に異《い》を唱えるつもりか」

「旦那、帰りますぜ」

と小者にまで下心を見破られた村崎がしぶしぶ五十間道へと上がっていった。

会所では夜見世を前に番方の仙右衛門《せんえもん》らが打ち合わせをしていた。

「澄乃、ばか同心に捉《つか》まってたか。あの旦那は全く他人の気持ちなど分かってねえ。都合のよいほうに決めつけられるお方よ。適当にあしらっておきなって」

と小頭《こがしら》の長吉《ちようきち》が言った。

「とは思いますが、村崎様は村崎様で使い道があるのではございませんか」

「それもな、神守様がおられた折りの話よ。神守の旦那は村崎同心の扱いが上手だったからな」

「小頭、おられないお方のことを持ち出しても、どうにもなりませんぜ。澄乃さんなりに村崎同心の扱いを心得ておられますよ」

と金次《きんじ》が言った。

「番方、ほんとうに神守様がどこにおられるのか、知らないんでございますかえ」

と長吉が仙右衛門に質《ただ》した。

「このことをいくら問われても知らねえものは知らねえと答えるしかねえ。それより神守様のいない会所をわっしらで守っていく。全員でよ、これまで以上に気遣いしながら御用を務めるしか手はあるまい」

と仙右衛門が応じたとき、夜見世の始まりを告げる清掻《すががき》の調べが会所に伝わってきた。

「よし、大門番と見廻り組は配置につきねえ」

仙右衛門の言葉で一斉に会所の面々が出ていった。残ったのは番方と澄乃だけだった。

「村崎同心からなんぞ話を聞き出したかえ」

「村崎様の話は、幾たびも聞かされた風聞《ふうぶん》の域を出ないかと思います。村崎同心が神守様の旧藩の方から聞かされた話だそうです。なんでも旅先で岡《おか》藩の家臣が神守様と会ったとか。このことを知らされた村崎様は神守様が放逐を機《き》に旧藩に戻る気になっておられると考えられたようです」

しばし間を置いて沈思した仙右衛門が、

「それはあるまいな」

と淡々と言った。

その時、澄乃は番方が幹次郎の行動を承知しているのではないかと思った。それは汀女が以前にも増して四郎兵衛に会って話す機会が多いのを考えてのことでもあった。番方のただ今の短い返答は、落ち着いた汀女の挙動《きょどう》に似通っていると思った。だが、口にすることはなかった。その代わり、

「番方、頭取にお会いすることができましょうか」

「奥座敷にいなさる。訪ねてみねえ」

「番方も話を聞いてくれませんか」

「なに、おれもか。よし、七代目に断ってこよう」

と仙右衛門が奥に向かったが直ぐに引き返してきて澄乃に目顔《めがお》で許しを得たと伝えた。

四郎兵衛は文を認めていた様子だったが、その文を文箱《ふばこ》に入れて二人に向き直った。

「頭取も番方もすべて承知の話かとは存じます。火の番小屋の新之助さんから教えられて俵屋に立ち寄ってみました」

「ほう、だれぞと話ができましたか」

四郎兵衛が関心を示した。

「番頭の角蔵さんと話を致しました」

前置きした澄乃は新之助と角蔵から聞いた話を告げた。

「なんと俵屋さんの遊女衆に京の古手《ふるて》の太夫が芸を教え込んでおりますか」

四郎兵衛が表情を曇らせて言い、

「荒海屋金左衛門め、この吉原を乗っ取る心算《しんさん》ではありませんか」

と仙右衛門が応じた。

「これまで吉原の大籬を買い取ったお方は何人もございます。されど官許の吉原ごと乗っ取ろうと企《くわだ》てられたお方は一人もございません。佐渡の山師は本気のようですな。俵屋の遊女衆は素人《しろうと》風の化粧と形《なり》で売ってきましたな、それを荒海屋金左衛門は京風の娼妓《しょうぎ》楼《ろう》に模様《もよう》替《が》えする気ですかな」

と四郎兵衛が自問した。

「七代目、荒海屋は金子には困ってませんかね」

「なんとも答えられませんな。金には糸目はつけないと申されるお方が借財まみれ、の話を私ども幾たびも見聞してきましたな。反対に一見、地道なお方が幕府すら動かすほどの金子を蓄《たくわ》えておる事例もございました」

「荒海屋金左衛門はどちらでございましょうか」

仙右衛門の問いに、

「さあてどちらですかな。どちらにしても生き残った尾張知多者《ちたもの》一族と大戦《おおいくさ》になるは必定《ひつじょう》」

と四郎兵衛が独白《どくはく》した。

澄乃には、

「尾張知多者一族」

がなんなのか見当もつかなかった。

「番方、廓の外で角蔵と話してみませんか。澄乃に話した以上のことが聞けるかどうか分かりませんが無駄を承知で試してみようではありませんか」

と四郎兵衛が仙右衛門に命じ、

「承知致しました」

と二人の間で事が決まった。

「七代目、番方、角蔵さんの呼び出し、私がやりましょうか」

「なんぞ知恵があるか」

「いえ、知恵はございませんが、女のほうが角蔵さんも承知しやすいかと存じまして」

と応じた澄乃は俵屋を出るときに感じた、

「殺気」

のことを告げるかどうか迷った。その代わり、角蔵が今後の働き口を案じていることを告げた。

「それはなんとでもなりましょう。この呼び出し、澄乃に任せましょうか」

と四郎兵衛が許しを与えると、澄乃が、

「角蔵さんをどちらに何刻《なんどき》に呼び出しますか」

「俵屋菩提寺《ぼだいじ》の墓前《ぼぜん》、今宵四つ（午後十時）」

と四郎兵衛が短く答えた。

吉原の夜見世は六つ（午後六時）に始まり、四つに店仕舞いが公儀《こうぎ》から許された商いの決まりだ。だが、わずか二刻《ふたとき》（四時間）では商いにならない。ゆえに吉原には、引《ひ》け四《よ》つなる刻限が存在する。実際の四つとは別に、およそ一刻《いっとき》（二時間）後の九つ（午前零時）前に吉原に打たれる拍子木《ひょうしぎ》を引け四つと称して、この刻限まで商いが大目に見られた。むろん公儀の然《しか》るべきところには時節時節にそれなりの金子が届けられてのことだった。

ゆえに世間で言う四つは、吉原には宵の口、つまりは、

「今宵」

なのだ。

「承知致しました」

と澄乃が立ち上がりながら、俵屋の菩提寺とはどこだろうかと思った。四郎兵衛が用心深くなっていることは分かった。

「澄乃、こたびの一件、なんとも臭《くさ》い。身にはくれぐれも気をつけなされ」

と四郎兵衛が注意した。

「相分かりましてございます」

澄乃が出ていき、その場に四郎兵衛と仙右衛門が残された。

「角蔵から新しい話が聞ける確証はない。じゃがな、こたびのことなんとしても神守様が吉原に戻ってくるまで持ちこたえねばならぬ」

「へえ」

と緊張の顔で仙右衛門が応じた。

会所の中で幹次郎の放逐の意味を承知なのはこの二人だけだった。

「角蔵の話次第では俵屋萬右衛門の行方《ゆくかた》を捜《さが》すことになろう」

「わっしが務めます」

「いや、番方に廓を抜けられると手薄になり過ぎる。この俵屋捜し、身代わりの左吉《さきち》さんに願おうかと思うています。荒海屋金左衛門の身許《みもと》のことも一緒にな」

と四郎兵衛が言った。

仙右衛門が立ち上がりかけ、

「七代目、神守様は必ず会所に戻って参られますな」

「番方、私の言葉が信じられませんかな」

「いえ、わっしらが会所を支える歳月の長さをしかと知りたかっただけでございますよ」

「来年のいま時分には必ずや」

「一年ですな」

と己に言い聞かせるように応じた仙右衛門が会所へと戻っていった。すると角町の俵屋に角蔵を訪ねていた澄乃が戻ってきて、

「番方、承知されました」

と告げた。

「よし」

と答えた仙右衛門が、

「角蔵はどうしていたえ」

「新しい勤め口は七代目が請《う》け合われたと告げると、ほっと安堵の顔を見せられました」

澄乃の返事を受けた仙右衛門が、

「おれも仲之町の夜風に当たってこよう」

と言い残して会所を出ていった。

会所に残ったのは澄乃と遠助だけだ。

「遠助、ちょっと頭取に報告してくるからね」

と言い残した澄乃が再び奥座敷に向かおうとした。するとそこへ汀女が姿を見せた。

「汀女先生、この刻限にどうなされました」

「なんとのう、玉藻様が気にかかってね」

「やや子が生まれると申されますか」

「そのような気がしたのです。どうやら何事もないようですね、ならば私は並木町《なみきちょう》に引き返しましょう」

というところに当の玉藻が現われた。

「やはり汀女先生でしたか」

「加減はどうですか」

「なんとなくこれまでとは違う感じです」

と不安な顔で玉藻がいまや「姉様」と慕《した》う汀女に言った。

「澄乃さん、大門前の若い衆《わかいし》を一人、柴田相庵《しばたそうあん》先生のもとへ走らせなされ。その際、必ず空駕籠《からかご》を連れていくように命じなされ」

と汀女が指図して、

「先生、今晩にも生まれますか」

「玉藻様、この私、子を生《な》したことがございません。ゆえになんとも答えられませんが、未だいささか早いような気がします。柴田先生に診《み》ていただければ確かなことが分かりましょう」

と汀女が答え、

「奥へ戻りましょうか」

と汀女が妹分の玉藻の手を引いて奥座敷に向かおうとした。

「汀女先生、『俵屋の番頭さんは了解されました』、と頭取にお伝えくださいませんか」

と澄乃が願い、

「忙しい夜になりそうね」

と遠助に話しかけた。

がらり
と腰高障子が開いて仙右衛門が飛び込んできた。

「なに、玉藻さんに赤子が生まれそうか」

「どうもそのような気配なんです。玉藻様には汀女先生がついておられます」

「それなら安心だ。だがよ、うちの舅《しゅうと》で事が足りるかね。産婆《さんば》を呼んだほうがよくないか」

仙右衛門が柴田相庵を呼ぶことを案じた。相庵は本道《ほんどう》(内科)から怪我《けが》の治療まで手掛けたが、お産は専門外だ。

「汀女先生はまず柴田先生の診断を仰《あお》いでそれから産婆さんを呼ぶ気でおられるのだと思います」

「そうか、そうだよな。初産《ういざん》だからな、勝手が分からないよな」

と仙右衛門も得心《とくしん》したようで上がり框に腰を下ろしたが、

「澄乃、男かね、女かね」

「番方、私も子を生した経験がございません。男の子か女の子かなんて分かりませんよ」

「玉藻さんの顔がなんとなく優しげに見えないか、そんなときはよ、娘だというぜ」

「番方、落ち着いて下さい。お芳《よし》さんが子を産むのではありません」

仙右衛門とお芳の間にはすでに娘、ひなが生まれてすくすくと育っていた。

「そりゃ、分かっているさ。ところでよ、爺様になる七代目はどうしていなさる」

「さあ」

と澄乃が答えたところに、吉原会所の前に駕籠が横付けされて柴田相庵が入ってきた。

その顔には流産でなければよいと書いてあると、澄乃は見た。

「仙右衛門、産婦はどこか」

「舅、奥だ。こちらから通りねえ」

仙右衛門が診療道具の入った箱を提《さ》げて相庵を案内した。

四

幹次郎は祇園社の食堂で夕餉を摂《と》ったあと、祇園の門前町の見廻りに出た。

天明の大火事のことを知ったせいで、幹次郎は丁寧に家並みを見て回った。財力のある寺社《じしゃ》や大店《おおだな》は大火事のあと、いち早く復興に向けて動き始めたために昔どおりの建物の再建がなっていた。だが、小路に入ってみると多くの小店がまだ手をつけられずに明地《あきち》になっているところや、仮普請の小屋を造り、品を作ったり売ったりしているのが見られた。

江戸は大火事に見舞われるのに慣れていた。京に比べて昔ながらの建物に拘《こだわ》るのはごく一部の分限者《ぶげんしゃ》や大店の豪商たちで、町人たちは九尺二間の棟割《むねわ》り長屋など火事場を整地したとたん、数日で建て直して暮らしを始め、女たちはそんな長屋から職人の夫を仕事場に送り出すことに慣れていた。

千年の都の京は、歴史を大切にして復興に挑《いど》んでいるように思えた。禁裏も寺社も幕府の出先機関の二条城もそれなりの歳月をかけて昔どおりに再建したと祇園社の禰宜たちから夕餉の折りに聞かされていた。

幹次郎と麻は、広大な敷地の中にある二条城も禁裏の建物もどのようになっているか、往来《おうらい》からしか見られなかったので、大火事に見舞われたことすら気づかなかった。

祇園の町並みを改めて眺めながら、幹次郎は自分が京に滞在することを快く思わぬ人物について推量《すいりょう》していた。

旧藩の岡藩の面々が幹次郎の存在をそれほどまでに疎《うと》んじるであろうか。

（まさかそれはあるまい）

と思った。

一昨日、鴨川の河原《かわら》で二度目の襲撃を受けた、いや、幹次郎が誘い出して一応の決着をつけていた。岡藩の家臣が雇った無頼《ぶらい》の剣術家の襲撃だったが、幹次郎は余裕を見せていなしていた。

その現場に京都町奉行所の目付《めつけ》同心入江忠助《いりえただすけ》や御用聞きが駆けつけた時には、幹次郎が居合《いあい》抜きで斬った刺客《しかく》一人の亡骸《なきがら》を残して他の面々と彼らの雇い主は逃げ去っていた。

岡藩の御目付《おめつけ》清水谷正依《しみずたにしょうえ》が幹次郎の行動を気にするのは、神守幹次郎を藩に復帰させたくないからだろう。だが、三条大橋《さんじょうおおはし》の出会い以来、幹次郎が岡藩に復帰することはないと悟《さと》って然るべきだと思った。となると、岡藩の清水谷らがあのような脅《おど》しの書付《かきつけ》を幹次郎の住まいの祇園社神輿蔵に忍び込んで残して行くとは思えなかった。

幹次郎が京に滞在することを嫌がる別の人物が存在するのであろうか。そんなことをつらつらと思いながら、祇園社の門前町をあてもなく歩き回った。すると天明の大火事の被害の跡がそのまま残されていることがあちらこちらに確かめられた。

幹次郎は、一力茶屋に向かって祇園の門前町の一角花見小路をぶらりぶらりと歩いていた。すると舞妓《まいこ》と芸妓《げいこ》らが客に呼ばれて茶屋に向かう姿とすれ違った。

幹次郎は祇園に来て舞妓と芸妓の違いを知った。

舞妓になると決めた娘は置屋《おきや》（屋形《やかた》）に住み込み、仕込《しこ》みと呼ばれる月日を過ごす。この短い間に着物を着ることに慣れ、京の花街特有の言葉遣いを覚える。次に舞妓見習いになり、白塗りの化粧の仕方や芸事の基《もとい》の舞踊《ぶよう》、三味線《しゃみせん》などのお囃子《はやし》方、茶道《さどう》の基を習う。それに慣れたころ、店出《みせだ》しと呼ばれる舞妓になる日がくる。姉《あね》芸妓と男衆に伴われて花街の茶屋などに挨拶に回るのだ。

舞妓になって座敷を数年経験し芸事全般が身についた折り、「襟替《えりか》え」と呼ばれる芸妓に昇格《しょうかく》する。

舞妓と芸妓、京の花街特有の華やかな象徴といえた。

京の花街には鉄漿溝《おはぐろどぶ》も高い塀もなく、遊女たちが二万七百余坪の狭い土地に隔離《かくり》されてはいなかった。

京の花街には、踊《おど》り、三味線、茶道、書道、歌作《かさく》などを学ぶ演舞場《えんぶじょう》や稽古場《けいこば》がいくつもあり、精進《しょうじん》した芸を見せることで花街の商いが成り立っていた。

一方、吉原は何千人もの遊女衆がおり、

の娼妓が中心であった。

「身を売る商い」

加門麻が薄墨《うすずみ》太夫として全盛を誇り、吉原の頂点に立っていたとき、先代の伊勢亀半右衛門《いせきはんえもん》のような旦那衆の座敷に呼ばれて芸事を披露《ひろう》して、遊びの時を過ごすこともあった。だが、旦那衆と対等に付き合う高級遊女は限られており、仲之町にて花魁道中ができるような遊女となるとごくひと握りであった。

大半の遊女が身を売る娼妓であることで吉原の商いは成り立っていたのだ。むろん吉原の頂点を極めた薄墨や高尾ですら、客と床に入ることはあった。旦那衆がそんな花魁と床をともにするには、吉原の慣わしにそって、それなりの日にちと莫大な金子を要した。

さりながら幹次郎は、京の花街が芸事だけの客の接待で成り立っているとは思えなかった。花街の裏側には身を売る娼妓もいると想像していた。だが、京に滞在して短い幹次郎にはそのことを知ることはできなかった。また、そのことを一力茶屋の次郎右衛門や女将の水木に尋ねることは憚《はばか》られた。

(ゆるゆると京の花街のやり方を学ぶことだ)

江戸吉原の人間が京の花街の実態を知るには時を要する。その裏表を知ったとき、吉原の将来が見えてくるはずだと幹次郎は考えていた。

花見小路から名も知らぬ小路に入ったとき、黒地の裾《すそ》に模様が染められた着物の芸妓と艶《あで》やかなだらりの帯の舞妓の二人が幹次郎のほうへと歩いてきた。

その足元を猫がのんびりと横切ろうとしていたが、不意に猫が立ち竦《すく》み、突然横手の路地に逃げ込んでいった。

芸妓らの前に三人の武家方が不意に立ち塞《ふさ》がった。

「ご免やす」

と姉《ねえ》さん株《かぶ》の芸妓が三人の侍に願い、かたわらを通り抜けようとした。

「われらに付き合え」

西国訛りの無粋な若侍の声は酒に酔っていた。

「お客はんが茶屋でお待ちどす、通しとくれやす」

「ならぬ」

酔った侍が両手を広げて通せんぼした。他の二人はにやにやと笑いながら見ていた。

芸妓と舞妓は後ろに下がろうとして幹次郎に気づき、四人目の仲間と思ったか新たな不安に見舞われた様子を見せた。

「こちらに参られよ。それがしはそのお方らの仲間ではない」

幹次郎の呼びかけに応じた二人が幹次郎のほうへと下駄の音をさせて逃げてきた。

「浪々《ろうろう》の身でわれらの邪魔をなすか」

「おぬしら、酒に酔うておられる。頭を夜風で冷やされよ」

と幹次郎が注意した。

「許せぬ」

と最前から芸妓らに絡《から》んでいた若侍が刀の柄《つか》に手をかけて幹次郎の前に歩み寄ってきた。背丈は五尺六寸（約百七十センチ）余りか、剣術の鍛錬《たんれん》を積んだと見えてがっしりとした足腰をしていた。

「お手前方、京に屋敷を置く西国の大名家家臣と見た。京には幕府の所司代《しょしだい》もあれば奉行所もござる。そなたらの醜態《しゅうたい》が知られたら、貴藩は厄介なことにならぬか」

と幹次郎は静かに諭《さと》した。

「おのれ、何奴《なにやつ》か。許さぬ」

酔いの勢いに任せてか、いきなり抜刀した。

「お二人さん、それがしから離れておられよ。さほど時はかかるまい」

背後の芸妓と舞妓の二人に話しかけた。

幹次郎が腰から鞘《さや》ごと津田近江守助直《つだおうみのかみすけなお》を抜くと、

「愚弄《ぐろう》しおるか」

と若侍が喚いた。

「井垣《いがき》、そやつ、江戸からの流れ者と見た。手足の一本も斬り捨てよ」

上役か、年配の連れが井垣と呼ばれた若侍に命じ、

「承知仕《つかまつ》った」

と若侍は応じると身幅のある刀を上段《じょうだん》に構えた。

小路の幅は五尺（約一・五メートル）ほどか、刀を振り回す余地はない。

幹次郎は鞘のままの助直の鐺《こじり》を下段に軽く構えて、相手の動きを見た。

「なにをしておる。七之助《しちのすけ》、そのほうの自慢の御家流《おいえりゅう》はどうした」

仲間のもう一人が若侍の井垣を唆《そそのか》した。

鞘の鐺を上げて、

「井垣七之助どの、遠慮のうお出でなされ」

との幹次郎の誘いに乗った井垣が、

「きえっ」

と気合い声を発して突っ込んできた。

なかなかの手練《てだ》れの剣技の持ち主だった。だが、酒に酔い、冷静さもなくしていた。

上段の刀が幹次郎の肩口に落ちる直前、幹次郎の鞘の鐺が井垣の喉元を迅速《じんそく》に突いた。

げえぇっ
と絶叫した井垣七之助が後ろに吹っ飛んで二人の仲間の前に背中から落ちて悶絶《もんぜつ》した。

しばし間を置いた幹次郎が助直を腰に戻しながら、

「お二方、どうなさるな。次はそれがしも抜き身でお相手致す」

と残り二人の行動を窺《うかが》った。

「ゆ、許さぬ」

と言う一人が刀を抜こうとすると、もう一人が手で制した。

「ならば井垣七之助どのをお連れ下され。手加減したゆえ、四、五日は声が出ますまいが大事はござらぬ」

「その方、京に逗留《とうりゅう》しておるか」

三人のうち年嵩《としかさ》の者が質した。

「そのつもりでござる」

「次に会う折りは覚悟しておれ」

「承《うけたまわ》った」

幹次郎の平静な声音に二人の仲間が井垣七之助の手から刀を取って鞘に納《おさ》め、二人がかりで路地の奥へと運んで姿を消した。

幹次郎が背後を振り向くと、芸妓と舞妓が小路の板壁に抱き合うようにして立ち竦んでいた。

「茶屋の刻限に遅れぬか。それがしが花見小路まで従おう」

と幹次郎が言って歩き出すと二人が従ってきた。

「おおきに、助かりましたえ」

姉さん株の芸妓はようやく気持ちが落ち着いたか礼を述べた。後ろを振り向いた幹次郎の、

「あのような無粋な者が京にもおるか」

との問いに姉さん株の芸妓が、

「大火事のあと、礼儀知らずのお侍はんが増えました」

と答えた。

「さようか、天明の大火事の影響は未だあちらこちらに残っておるな」

三人は人の往来の多い花見小路に出ていた。

「もはやここなれば安心であろう。気をつけて参られよ」

「お武家はん、お名前を」

「名乗るほどのことをしておらぬ」

幹次郎はただ今歩いてきた小路へと戻っていった。

半刻（一時間）ほど祇園社の花街と思《おぼ》しき夜の町並みを歩き回った幹次郎は、灯《あか》りの灯《とも》った一力茶屋の表を横目に見て、勝手口へと回った。

茶屋が一番賑わう刻限だった。

「お邪魔致す」

と戸を引いて敷居を跨《また》いだ。すると広い土間に仕出《しだ》し料理を届けにきたらしい白衣のお仕着せの若者が幹次郎を見て、訝《いぶか》しそうな顔をした。侍が勝手口から入ってくることなどないのであろう。

「吉助《きちすけ》はん、そのお方はお帳場の知り合いどすえ」

幹次郎をすでに承知の女衆頭《おなごしがしら》のお福《ふく》が言った。

「以後、お見知りおき願いたい」

と幹次郎が吉助と呼ばれた若い衆に言った。

「へえ」

とどう言葉を返してよいか分からぬようで返事だけをした。その者が岡持《おかも》ちで運んできた仕出し料理が女衆らの手によって座敷へと運ばれていった。

吉原も廓で料理を誂《あつら》えることはない。台屋《だいや》と呼ばれる仕出し屋が客の注文に応じて妓楼へと届ける。楼が供《きよう》するのは酒だけだ。

この台屋の食い物は値が張るわりにはまずく、料理の品数も少ない。馴染《なじみ》の客は遊女の勧《すす》めで注文するが、箸《はし》をつけることはまれだった。そんな台屋の膳は残ることが多く、女郎《じよろう》たちの三度三度の食事の菜《おかず》になった。

京も仕出し屋が茶屋へと注文に従い、届けるようだ。だが、幹次郎がちらりと見ただけでも、旬《しゆん》の素材を生かした仕立ての食い物ということが見てとれた。そして、三人ぶんの膳の料理がそれぞれ異なった。つまりは客の注文に応えての料理だった。玉藻の亭主の正三郎《しようざぶろう》は短いながら京修業をしていたが、食に対するこだわりが吉原の一つの生き方かもしれぬと、幹次郎は漠然と思った。

(さすがに京かな)

と感心した幹次郎は、台所の片隅に刀を手に控えていた。

茶屋の表から三味線の調べに乗って芸妓や舞妓が踊りを披露する気配が伝わってきた。

幹次郎は、今は亡き先代の伊勢亀半右衛門が健在のころ、座敷に招かれて、吉原の大籬の宴《えん》の雰囲気を承知していた。だから、台所に響いてくる調べや笑い声が江戸とは違うことが分かった。ただしどう違うか、想像もつかなかった。

「おや、神守様」

と声がして、女将の水木が台所に姿を見せ、幹次郎に気づいて声をかけてきた。

「こちらに控えております。お邪魔ではなかろうか」

幹次郎の問いに微笑《ほほえ》んだ水木が、

「邪魔どす」

と応じて、

「帳場に通りやす。うちのが待ってますえ」

と言った。そして、

「麻様が心配やおへんか」

「慣れぬゆえこちらに迷惑をかけておるのではござらぬか」

と幹次郎が問い返した。

「どのようなとこでも頂《いただき》を極めたお方はちゃいますな。麻様は、はやうちの商いを呑み込んではりますえ」

「わずか一日ばかり世話になったのみ、そのようなことがあろうか」

「いえ、うちの代理は十分に務まりますえ」

と言い切った水木が、

「うちのが退屈してます。帳場に通って、話し相手になっとくれやす」

と願った。

「刀を携《たずさ》えた者が夜の帳場に控えているのはこちらの評判を落としませぬか」

「うちでは帳場にお客はんが姿を見せはることはおへん。さあ、案内します」

水木に幾たびも誘われて、幹次郎は帳場座敷に通った。

一力茶屋の帳場は、吉原の大籬の帳場より吉原会所の頭取の控える座敷に似ていた。

「次郎右衛門様、神守幹次郎にございます、お邪魔ではございませぬか」

「そんなことありますかいな。神守様にはお礼をせんとあきまへんな」

「それがし、主どのに礼を言われるべきことなど覚えがございません」

と言った幹次郎が帳場座敷に入り、腰を落ち着けた。

「祇園社の住まいはどうどすか」

「それがしには勿体なき座敷にございます」

幹次郎の口調に次郎右衛門がなにかを感じたか、

「なんぞおましたかな」

と質した。

幹次郎は祇園社の神輿蔵の住まいに残された警告文について語った。

「神守様の旧藩の者の仕業《しわざ》とちゃいますやろか」

「まず浮かんだのはそのことでした」

と前置きした幹次郎は、一昨日の夜、鴨川べりで襲《おそ》われ相手を撃退した経緯《いきさつ》を語った。

「なんとまああそんなことがおましたんか。町奉行所の入江忠助様が騒ぎを承知してはるんは、神守様にとってよろしいことどしたな」

「ゆえに旧藩の者がかような手出しをするとも思えません」

「別口どすか。ほんなら、この界隈《かいわい》に神守様を邪魔に思う御仁がおられるということや」

と次郎右衛門の口調には、どことなく思い当たる節があるように幹次郎には思えた。

「主どのに思い当たる御仁がおられますか」

「なくもおへん。天明の大火は京の商いに大きな打撃を与えましたんや。建物は新しく建て替えたとしても、懐具合まではそう易々《やすやす》と替えられませんよってにな、あれこれと考えはるお方がいはります」

と次郎右衛門が応じたところに麻が、

「義兄上、お見えでしたか」

と姿を見せた。その背後に最前幹次郎が助けた芸妓と舞妓の二人が緊張の顔で従っていた。

「おお、そなたらが呼ばれた茶屋はこちらであったか。約定《やくじょう》の刻限に遅れはしなかったか」

幹次郎の言葉に芸妓と舞妓が畳廊下に坐して、

「お礼の言葉もきちんと言わんと失礼しました、堪忍しておくれやす」

と頭を下げた。

「確かに神守様の行くところには風雲が待ち受けておるようや」

と一力茶屋の主が言い、

「義兄上、お二人は祇園の置屋鶴野屋《つるのや》の芸妓の白《しろ》た恵《え》はんと舞妓のおことはんどす」

と麻が二人を紹介した。

幹次郎が麻を見て、どうやら一力茶屋に馴染んできたようだと安心した。

「神守様、うちはこれからもあれこれと神守様の世話になるようどすな、心強いことやわ」

と次郎右衛門が思わず漏らした。

第二章　借家暮らし

一

江戸吉原、同日のことだ。

京の出来事よりいささか早い刻限、柴田相庵が引手茶屋の正三郎と玉藻の住まいから引き上げ、吉原会所の頭取の座敷に戻ってきた。

「長い診察でございましたな。なんぞ玉藻のやや子に差し障りがありましたかな」

四郎兵衛が相庵を迎え、真剣な表情で尋ねた。

「四郎兵衛さんや、そなたが爺様になるのはそうさな、半月ばかり先のことじゃな」

「なに、早産ではなかったか」

「わしもそれを案じたがどうやら落ち着いた。二、三日、休んでおれば玉藻さんも元気になろう。初産ゆえあれこれと考え過ぎたのであろう。孫の顔を見るのはしばらくお預けじゃ」

四郎兵衛の顔に安堵と残念という感情が交錯《こうさく》した。

「玉藻さんは若いうちから引手茶屋の女将として働いてきた。気の張り方も並みのことではあるまい。かようなときには休むのもよかろう」

「相庵先生、お騒がせ致しましたな。晩酌《ばんしやく》の最中に呼び出されたのではございませんかな」

「まあ、そんな具合だ。お芳がひなを産んだ折りにあれこれとあったことを思い出してな、玉藻さんと雑談をしてきた。これも医者の務めよ」

柴田相庵は、

「わしの代で柴田家は終わり」

と覚悟していた。

だが、相庵の右腕となって診療所を長年手伝ってきたお芳が養女になり、そのうえ、同じ廓育ちの仙右衛門が幼馴染のお芳と所帯を持ったおかげで、相庵は若夫婦を得たばかりか、孫のひなまで身内に加わり今や好々爺然《こうこうやぜん》とした爺様になっていた。そのひなも二歳を迎えて可愛い盛りだ。

四郎兵衛がぽんぽんと手を叩《たた》くと、引手茶屋から玉藻の亭主の料理人正三郎が調理した菜と酒が運ばれてきた。それを運んできたのはなんと正三郎自らと澄乃だった。

「柴田先生、お世話をかけました」

と正三郎が詫びた。

「いまも七代目に言うておったが医者の務めよ。正三郎さん、おまえさんが子を持つには未だ未だ早かったというだけの話だ。病人ではないでな、気を楽にして待ちなされ」

「一時早産かと案じましたが、柴田先生の診察を受けてほっとしました」

正三郎が律儀《りちぎ》に礼を述べ、相庵が、

「なに、吉原会所で晩酌のし直しをしろというのか」

と笑みの顔で質した。

「相庵先生、偶《たま》に廓のざわめきを聞きながら酒を呑み直すのもようございましょう」

正三郎と澄乃が相庵と四郎兵衛の前に折敷《おしき》膳を置いた。膳の菜は春イカの造りに葱《ねぎ》の白《しら》和《あ》えだった。

「おお、美味《うま》そうじゃな」

「駕籠を待たせておりますでな、爺様になり損ねた四郎兵衛と先に孫を得た相庵先生とで、酒を酌み交わしましょうかな」

吉原にはどのような身分の者でも駕籠で出入りすることはできなかった。だが、医者は格別で、そのことが許される特権をもっていた。

澄乃がまず温《ぬる》めに燗《かん》をした徳利《とっくり》を相庵に差し出した。

「頂戴しようか。女裏同心さんの酌などまず受けられまいからな」

と相庵が相好《そうごう》を崩して盃《さかずき》を差し出した。

「不調法《ぶちょうほう》です」

「というわりには慣れた手つきだ」

「亡き父は独酌《どくしゃく》でした」

「なに、娘から酌を受けることなく身罷《みまか》られたか。残念であったな」

澄乃が四郎兵衛に酌をしたのを見届けた正三郎が、

「私は茶屋におりますでな、酒が足りなければ手を叩いて呼んで下され」

と隠し戸から引手茶屋へと帰っていった。それを見た澄乃も奥座敷から会所へ、

「ごゆっくり」

と言い残して引き下がった。

「仲之町のざわめきを肴《さかな》に酒を呑むのも乙《おつ》なものだな、久しくかような経験をしておらぬ」

「相手が爺様のなり損ないでは色気はございませんな」

「七代目、お互いこの齢《よわい》じゃぞ、色気なんぞはもはや用なしじゃろう」

「いかにもさよう。色気より隠居の齢じゃでな」

「川向こうに隠居所をすでに用意しておるそうな」

「相庵先生、承知でしたか」

「診療所に来る年寄りなどは病より話がしたくて来ておるのだ。あれこれと耳に入る」

四郎兵衛と相庵がゆっくりと酒を酌み交わし、時がゆるゆると過ぎていく。

「七代目、そなたの跡継ぎのお方はどうしておられるな」

と相庵が四郎兵衛に聞いたのは、二人して盃を幾たびかやりとりしたあとのことだ。

「京に落ち着いたようでございましてな」

神守幹次郎は、四郎兵衛から跡継ぎの話を初めて持ち出されたとき、思案の末に番方の賛意を得なければこの話はなかったことにしたいと仙右衛門に相談した。その際、相庵とお芳とが同席していたゆえ、七代目の英断を承知していた。

その後、幹次郎が謹慎《きんしん》させられたり吉原から放逐されたと噂が流れたりした背後には、なんらかの事情が隠されていると察してはいた。だが、京にいることは知らなかった。

「ほう、京におられるか」

「加門麻様もいっしょにな」

「ほう、薄墨太夫として全盛を極めた女衆もいっしょとな」

四郎兵衛は相庵と酒を酌み交わしながら、吉原の商いの現況に鑑《かんが》みて吉原会所には世代替わりの要があり、それを打開するための人物として神守幹次郎しかいないことを告げた。さらに吉原の町名主《まちなぬし》で余所者《よそもの》の神守幹次郎が八代目に就《つ》くことに反対している者があることなどを言い添えた。

「七代目、神守様がこの跡継ぎについてな、番方の同意がなければ断るつもりだと仙右衛門に相談した折り、わしとお芳は同席していたのだ」

「なんとのう察していました」

「われらの同席は神守様の意思でもあったのだ」

相庵の言葉にうんうんと四郎兵衛が頷いた。

「そんなわけでおよその経緯は承知であった。その後、神守様が謹慎の憂《う》き目《め》にあったり、放逐話が聞こえてきたりしたで、なにかはあると思うてはいたが、そうか、七代目は神守様を八代目にすることを諦《あきら》めてはおらぬか」

「相庵先生、ただ今の吉原を主導していく人物が神守幹次郎のほかにおりますかな」

と四郎兵衛が反問し、

「おらぬな」

と相庵は即答した。

「じゃが、神守様を八代目に就けるのに黙って同意する町名主ばかりではないことも推測がつく。ゆえに七代目は神守様を吉原から離して京にやることを企てたか」

「神守幹次郎様が八代目に就くことは容易《たやす》くない。時を要することは最初から織り込み済みでございました。謹慎話や放逐話を流したのは私どもですがな、京行きの話は神守様からの申し出でございましてな」

四郎兵衛が「私ども」と言ったときに相庵は、この一件、三浦屋四郎左衛門が前もって承知のことで四郎兵衛と四郎左衛門は最初から手を組んでのことかと理解した。ゆえに、

「ほう、神守様からな」

とこちらに関心を寄せた。

「神守様は私以上に吉原の先行きを案じております。その神守様が吉原の基になった京の遊里《ゆうり》のただ今を見て修業したいと申し出られたのでございますよ。そのために神守幹次郎様だけではなく、吉原で遊女の頂点を極めた加門麻様も京に同行し女子《おなご》の眼差《まなざ》しで京の花街を見ることは、汀女先生を含めて話し合われた結果でございますよ。むろん巷《ちまた》には加門麻様は実家に戻ったと噂を流しておきました」

「ほう、考えられましたな」

「相庵先生、京修業が二人にとってそう容易いことではないと私も承知しています。ですが、神守様と麻様ならば、向後《こうご》百年の吉原の大計《たいけい》を学んで戻ってこられると信じておりますのじゃ」

「四郎兵衛さん、考えられましたな。かような企てはどうやらうちの婿《むこ》どのはすべては承知しておらぬようじゃな」

婿どのとは吉原会所の番方仙右衛門だった。

「番方には神守様と麻様が京で修業していることは最近まで話しておりませんでした。神守幹次郎という人物が吉原会所の八代目頭取に就くまで、味方を騙《だま》し果《おお》すこともせざるを得ませんでな」

「七代目、吉原会所にはいろいろな持ち駒がいましょうでな。だが、頭取は一人だ。仙右衛門は神守幹次郎様の腹心《ふくしん》にはなりえても長にはなれません。このことを仙右衛門がいちばんよう承知じゃからな」

と相庵が言い切り、

「一年は長いようで短い」

としみじみとした口調で言った。

「あの利口な二人とて、一年は短《みじこ》うございましょうな。なにしろ京という千年の都には、江戸では考えられないしがらみやら仕来《しきた》りがございましょう。またそう容易く余所者を受け入れてくれますまい」

「七代目、案ずることはない。神守様と麻様の二人ならば、必ずや京に学んで吉原に生かせる考えや企てを持って江戸に戻ってきますよ」

と相庵が請け合った。

「そうなることを願います」

四郎兵衛が徳利を手にして、

「おや、酒がなくなったわ」

と呟《つぶや》いたとき、隠し戸が開いた気配がして、正三郎が新たな徳利を運んできた。

「どうだ、玉藻さんは落ち着かれたか」

「相庵先生と話をしたことがよかったようで、ただ今は眠っております。その代わり茶屋のほうは汀女先生が面倒を見ておられます」

「おや、いつ参られたな」

「並木町の料理茶屋のほうを少し早く切り上げて、駕籠で吉原に最前参られたのです。番方に事情を聞いて、隣の引手茶屋に顔を出されて玉藻の代わりを務めておられます」

「気がつかなかった。

正三郎が新たな徳利から相庵と舅に酒を注《つ》ぐと、空の徳利を手に茶屋へと引き上げていった。

「七代目、神守様の夫婦は吉原にとって得難《えがた》い人材であったな、あのような夫婦は金《かね》の草鞋《わらじ》を履《は》いても捜しきれぬぞ」

「仰《おつしや》るとおりです。残念ながら、うちの婿も相庵先生の婿も料理人や番方ならばそこそこじゃが、清濁併《せいだくあわ》せ呑み、酸《す》いも甘いも知っている人間ではございませんでな」

「人それぞれに役割があるということよ、七代目」

と言った相庵が新たな酒をゆっくりと口に含んだ。そして、

「妙な噂を耳にした」

と話柄を変えた。

「なんでございましょうな」

「まさかと思うたで、仙右衛門にも質さなかった。旧《きゆう》吉原以来の老舗の大籬俵屋萬右衛門方が身売りしたという噂でな」

「ほう、相庵先生の耳に早《はや》届きましたか。いずれは外に漏れると思うておりましたがな」

「この噂話、この界隈で聞いたのではないのでな。わしの古い仲間が品川宿《しながわじゆく》の外れ、居《いる》

木橋《ぎばし》村で開業をしておってな、その先生のところに萬右衛門さんの孫が風邪を引いたとかで、母親が診察に連れてきたそうだ。その母親が『かような在所《ざいしょ》に引っ越すなんて、まるで島流しです。私は吉原の老舗の楼に嫁入りしたのに、この憂き目』とくだくだと泣き言を言うていったと、文を寄越したのだ」

「ほう、目黒川《めぐろがわ》沿《ぞ》いに引っ越していましたか」

「居木橋村の古い百姓家《ひゃくしょうや》に借家《しゃくや》住まいしているそうな。俵屋ともあろう大籬がなんで容易く楼を手放しましたかな」

「それですよ。妓楼の遊女、番頭を始めとした奉公人一同にも吉原を離れる理由を一言も説明することなく居なくなったのですよ。むろん私ども吉原会所に挨拶もございませんでした」

「なに、それではまるで夜逃げではないか」

「そういうことです」

「俵屋のあとはどうなったのだ。あそこは吉原でも籬も持たず玄関に暖簾で商いを続けてきた老舗であったな。主も倅《せがれ》も博奕《ばくち》をなすなどとも聞いたことはなく、地道な商いであったがな」

「それがね、私どもにも不思議なのでございますよ。相庵先生、同業のお方に迷惑はかけません、口添え願えませんか」

「会いに行かれるか」

「おそらく沽券はすでにだれぞ他人に売り渡しておるとみましたが、会所としてもあれだけの老舗の譲渡《じようと》話です。直《じか》に話をして経緯を聞いてみとうございますでな、明日にも出向きます」

「よかろう。居木橋村で古林正庵《こばやししようあん》と言えばだれもが承知じゃ、わしの名を出せば萬右衛門さんの借家くらい教えよう」

「相庵先生、俵屋は百姓家に仮住まいでしたか」

「文の感じではそのように受け取れたがな」

と相庵が応じたとき、

「お邪魔してようございますか」

と汀女の声がした。

「入りなされ」

四郎兵衛が声をかけると障子戸が開かれて白地の紬絣《つむぎがすり》を着た汀女が廊下に坐していた。その襟に書状が覗いているのが見えた。京の幹次郎か、あるいは麻からの書状であろうと、四郎兵衛は推量した。

「いや、早産かと慌てまして相庵先生のお手を煩《わずら》わせ、皆を騒がせてしまいました」

と汀女が言い訳をして、

「汀女先生、まずはお入りなされ」

と相庵が誘い、

「あと半月から一月《ひとつき》待てば四郎兵衛様は爺様になる。あとになってみれば今宵のこともよき思い出よ」

と言い足した。

「相庵先生は先に爺様になったで、さよう呑気《のんき》なことを申される。当人もさりながら孫を待つ身の爺様もなかなか大変じゃぞ」

と言いながら、四郎兵衛が盃を汀女に持たせ、

「引手茶屋の面倒まで汀女先生に見てもらうことになりました」

と酒を注いだ。

「頂戴致します」

と汀女がゆったりと喉に運んだ。

「汀女先生、京から文が届いたようですな」

「はい」

「相庵先生には神守様と麻様が京で修業していることを話してございます。差し障りがないような話ですかな」

と四郎兵衛が汀女に言った。

「ならば、まず四郎兵衛様宛ての書状をお渡し致します」

と汀女が襟元から宛名も差出人も書かれていない書状を出して渡した。

「この文はのちほどゆっくりと読ませて頂きます。汀女先生宛ての文にはなんぞ新しいことが認められておりましたか」

「幹どのからの文には、清水寺の老師と知り合ったことが認められておりました」

「神守様らしゅうございますな、早《はや》さようなお方と知り合われましたか」

「それに大事なことは一力亭の前で麻が知り合いの三井越後屋《みついえちごや》の大番頭さんと出会って話ができたとか、二人して京暮らしがなんとのう目途《もくと》がつきそうな雰囲気の文にございました」

汀女は幹次郎が認めてきた文の一部を告げた。

四郎兵衛が相庵には幹次郎と麻の二人が京に滞在していることを話したと言ったが、どこまで話してよいか判断がつかないゆえ手短に留《とど》めた。

「最前相庵先生も言うておったが、神守幹次郎様も加門麻様も運をお持ちです。必ずやよき修業先を得られましょう」

と四郎兵衛が安堵した表情を見せた。

二

四郎兵衛はその夜、俵屋の菩提寺、金杉《かなすぎ》村の寿永寺《じゆえいじ》を澄乃と金次の二人を従えて訪ねた。俵屋の番頭角蔵に話を聞かんとして、この四つの刻限、この場所にと澄乃が段取りして伝えたのだ。

澄乃の申し出を角蔵は快諾《かいだく》したという。

旧主の俵屋萬右衛門に裏切られた以上、新しい楼主の荒海屋金左衛門が角蔵を老舗の大籬の番頭として雇い続ける保証はなかった。休業の間のみ遊女たちや使用人を束《たば》ねる番頭の役目を担わされ、新たな荒海屋体制になったときには、目腐《めくさ》れ金《がね》で、いや、それすらも払われず追い出される、最悪の結末を覚悟していると角蔵は澄乃に話していた。

四郎兵衛は、角蔵に廓外で会って、俵屋が老舗を佐渡の山師の荒海屋金左衛門に売り渡した経緯を聞きたかったのだ。

偶《たま》さか医師の柴田相庵から、俵屋が夜逃げ同然に引っ越した場所が品川宿外れの居木橋村と知らされていた。

となればいよいよ俵屋と会う前にどうしても角蔵と話がしておきたかった。しかし玉藻の早産ではないかという騒ぎで、約定の、

「今宵四つ」

に俵屋の墓所《ぼしょ》を訪ねるのがいくらか遅れていた。

従ってきた金次と澄乃は寿永寺の山門《さんもん》を潜る前に四郎兵衛から離れて、闇の中から四郎兵衛の安全を見守っていた。

四郎兵衛は角蔵の人物を決して信頼していたわけではなかった。そこで金次と澄乃を伴い、山門を潜る前に、陰の警固を務めるように四郎兵衛の傍らから離れさせていた。

四郎兵衛は自ら提灯《ちょうちん》を提げて寺の敷地に入り、墓所へと足を向けた。

浄土《じょうど》宗《しゅう》正覚山《しょうがくざん》寿永寺は京都知恩院《ちおんいん》の末寺《まつじ》で、俵屋の菩提寺と承知なのは吉原の住人でも少ない。四郎兵衛は俵屋の先代の弔《とむら》いの折り、限られた参列者の一人だったので、俵屋の墓所を承知していた。ゆえに澄乃に、

「俵屋菩提寺の墓前、今宵四つ」

と角蔵に示させたのだ。

いささか異《い》な場所だが新たな職が四郎兵衛の口利きで保証されるとなれば、必ず角蔵は

姿を見せると踏んでいた。

提灯の灯りを頼りに俵屋の墓所の前に近づくと夜気《やき》の中に血の臭《にお》いが漂《ただよ》っていること
に四郎兵衛は気づかされた。

(しまった)

荒海屋金左衛門一味を甘く見たか、と墓所に近づいていくと苔《こけ》むした墓石にのしかかる
ように倒れている男の姿が目に留まった。

「角蔵さん」

と呼びながら四郎兵衛が近づいていくと、不意に殺気が漂った。

次の瞬間、夜気を裂《さ》いて澄乃が腰に巻いた麻縄《あさなわ》を揮《ふる》った気配がして、うっ、と押し殺し
た悲鳴《ひめい》が漏れ、何者かが逃げ出す様子があった。

「追うことはない」

四郎兵衛が澄乃に命じ、角蔵と思える男の背から横顔へと灯りを近づけた。やはり驚《きょう》
愕《がく》の表情を死に顔に張りつけた角蔵だった。

「先を越されましたな」

得意の得物《えもの》を手にした澄乃と金次が姿を見せた。

「この界隈の御用聞きは三ノ輪《みのわ》の定五郎《さだごろう》親分かな」

「へえ、わっしが知らせましょうか」

「頼もう、金次」

四郎兵衛の言葉に金次が寿永寺の墓所から闇に紛《まぎ》れるように姿を消した。

「お寺さんに知らせますか」

「起こすことになるが致し方ございませんな」

澄乃が寺の本堂に行きかけて、

「角蔵さんにしか分からぬように伝えたつもりですが」

と言い訳した。

「おそらく長年勤めた俵屋に裏切られた角蔵は、仲間の男衆らに不満を漏らしたか、私どもが知らぬ事情で荒海屋の一味に言動を注視されていたのでしょうな」

と四郎兵衛が言い、澄乃が頷くと寺の庫裡へと走っていった。

四郎兵衛は、不運を絵に描いたような奉公を勤めた俵屋の番頭角蔵の亡骸の傍らで独り過ごした。ようやく寿永寺の泰巌《たいがん》和尚《おしょう》が姿を見せて、

「頭取、何事ですな」

と尋ねた。

四郎兵衛が黙って提灯の灯りを角蔵の顔に向けて照らした。

「うむ、俵屋の番頭ではありませんか」

　ふだんから死人を見慣れている和尚が格別慄《おのの》いた風もなく言った。

「いかにも吉原の老舗俵屋の番頭の角蔵さんですよ」

「どういうことですね」

「三ノ輪の定五郎親分を呼びにやらせています。その折りに詳《くわ》しい話は致しますがな、俵屋はもはや廓に在《あ》りませんでな」

「なんと、旧吉原以来の数少ない妓楼が廃業したと言われるか」

「いかにもさようですよ」

と四郎兵衛が応じたところに御用聞きの三ノ輪の定五郎と手下二人が姿を見せた。

「七代目、何事ですな」

「親分も俵屋が楼の沽券を売り払ったことを知りますまいな」

　と質した。

「あの大籬が店仕舞いしたというのですかえ」

四郎兵衛は俵屋が吉原会所にも内緒で楼の沽券を売り渡した経緯と、佐渡の山師荒海屋金左衛門なる人物が新たな沽券の買い主らしいと説明し、その経緯を知りたくて今晩四つの刻限にこの墓所で会う約定をしたことを説明した。

「うちがな、娘の玉藻の初産の騒ぎで遅れてこの墓地に着いてみると角蔵さんがな、こんな風に倒れていなさった。だれが見ても死んでいるのははっきりとしていますでな、寺の和尚さんと親分に知らせたってわけだ」

「七代目、人と会うにしては異な刻限と場所じゃやな」

「私がな、角蔵さんにこちらで会おうと願ったんですよ」

「なぜそんなことをしなさった」

「親分、角蔵さんは間違いなく殺されておりましょうな」

四郎兵衛は定五郎の問いには答えず、反問した。

うーむ、と応じた定五郎が手下に角蔵を調べろと顎《あご》を振り上げて命じた。手下が墓石を抱くようにうつぶせに倒れている角蔵の体を仰向《あおむ》けにした。すると胸部に両刃《もろは》の刃物が深々と突き立ち、それが死因と思えた。傷口から血が流れたとみえて臭いがした。

「どういうことだね、七代目」

「吉原の老舗であれ、沽券をだれぞに渡す場合は吉原会所に届けるのが先だ、それと新たな買い手を言い添えるのが慣わしですよ。ところがこたびの売買は吉原会所に知らせもなく、俵屋は夜逃げのようにひっそりと吉原を出て行きなさった。この番頭の角蔵さんも知らされなかったそうな」

「なんてこった」

と三ノ輪の定五郎が呟いた。

「内々にも極秘にして、得体の知れない荒海屋金左衛門に老舗の妓楼を譲らなければならなかった曰くを荒海屋一味に知られぬように聞き出そうと、かような場所、かような刻限に角蔵さんを呼び出したのです。俵屋には荒海屋の一味が入り込んでいるそうです」

四郎兵衛は墓所に近づいた折りに殺気を感じたことを、そして、陰の警固に従った会所の者が何者かを追い払ったことを説明した。

「荒海屋金左衛門ってだれですね」

「親分、佐渡の山師だそうだ。当人が水道尻の番太の新之助に自慢げに話したことを信じると金はいくらでも所持しているそうな。隠し金山《きんざん》を佐渡に所有していた先祖の財産があるなどと言っておるそうな」

「火の番小屋の番太に自慢話ですと。そりゃ、大ぼら吹きだね」

と三ノ輪の定五郎が即座に言い切った。

その断定に首を捻《ひね》った四郎兵衛が、

「最前も言ったが、俵屋には荒海屋の息がかかった者たちが住み暮らしているようでね、それで私が用心のためにこの刻限、楼から離れたこの場所を指定したんですよ」

「荒海屋金左衛門って野郎は大ぼら吹きではないと言いなさるか、七代目」

と定五郎が念押しした。

「死ぬ前の最後の願いが官許の廓吉原を勝手気ままにすることだというような大口を新之助に叩いたそうな」

「俵屋だけではのうて官許の吉原を勝手気ままにね、大きく出ましたな」

と寿永寺の和尚が呆《あき》れ顔で言った。

「新之助に三百匁《もんめ》の金の延板《のべいた》を見せております」

「本気かね、偽《にせ》の延板でしょうが、詐欺師《さぎし》だね」

「そのあたりがいま一つ判然としませんのでな、番太の新之助にわざわざ話す要もない、ということは新之助の口を通して吉原会所に知らせようと企《たくら》んだか。そのあたりが分からなくてな、角蔵さんと話し合おうとしたってわけですよ」

「この段階ではっきりとしていることは俵屋の番頭の角蔵が殺されたってことだね」

「そういうことです、親分さん」

「わっしの旦那と明朝いちばんで相談します」

「定五郎親分の旦那はどなたでしたかな」

「南町《みなみまち》奉行所の桑平市松《くわひらいちまつ》の旦那だ」

「おや、桑平様でしたか」

「吉原会所の裏同心と昵懇《じっこん》だと聞きましたがな」

「神守幹次郎様は吉原にはおりませんでな」

「謹慎とか放逐とか、やり手のお方がどういうことですかな」

「はい、私どもも神守様の手がないのは不安でございましてな、かようなときこそ働いてもらいたいのですがな」

と吉原会所の七代目が他人事《ひとごと》のような言い方をした。


翌朝のことだ。

四郎兵衛は浅草並木町の料理茶屋山口巴屋で桑平市松と会った。

「七代目、また吉原に厄介ごとが降りかかったようだな」

「はい、これまでの経緯は三ノ輪の定五郎親分から聞かれましたな。正直言って荒海屋の魂胆が分かりませんのです。私ども、俵屋とは旧吉原以来の代々の付き合いでございます。俵屋の商いは吉原でもいささか変わったやり方でございました。遊女を坐らせる大籬もなし、花魁道中もなし、馴染の上客《じょうきゃく》だけで商いを続けてきた。つまりこの吉原で一見《いちげん》さんお断りの妓楼商いです。手堅《てがた》い商いを百年以上も続けてこられた俵屋の内蔵《うちぐら》には、千両箱がいくつ積んであっても不思議ではない。それがなにゆえ得体の知れない佐渡の山師なんぞに沽券を売り渡して、うちにも告げずに夜逃げ同然に出ていったのか。そのあたりにこたびの騒ぎの真相が隠されていましょうな」

と四郎兵衛が桑平に告げた。

桑平は四郎兵衛に、

「昨夜七代目は三ノ輪の定五郎に話をしたな。面倒だがいま一度七代目の口から直に話してもらえんか」

と桑平が願い、首肯《しゅこう》した四郎兵衛が事細《ことこま》かに話を告げた。

長い話を聞き取った桑平同心はしばし沈思した。

「桑平様、どう思われますな」

「さあて、俵屋がどのような罠《わな》に引っかかったか」

と応じた桑平が、

「七代目、吉原をただ今実質的に監督差配しているのは、それがしの前に坐っている引手茶屋山口巴屋の主にして吉原会所の七代目の四郎兵衛と京町の大籬三浦屋四郎左衛門と思ったが違うか」

と念押しした。

四郎兵衛はしばし沈黙したあと、頷いた。

「それがしは隠密廻りではない。一介の定廻《じょうまわ》り同心でござる。それでも四郎兵衛と四郎左衛門が強い絆《きずな》で結ばれていることは分かる。なんでも吉原は尾張知多の出の者が代々主導していると聞いたことがある。四郎兵衛も三浦屋も知多者かな」

桑平の指摘に四郎兵衛がまた頷いた。

「こたび、夜逃げ同然にして廓を出た俵屋も知多者の一人だったか」

「その通りでございますよ、桑平様」

と言った四郎兵衛が、

「旧吉原からこの浅草田圃《あさくさたんぼ》の新吉原に引き移った当初は、うちも三浦屋さんも京の島原以来の揚屋商いでございました。それを三浦屋さんは妓楼に、うち山口巴屋は引手茶屋に模様替えして、吉原で商いを続けてきました。俵屋さんも揚屋から妓楼に商い替えした知多者でした」

「四郎兵衛、知多者の絆と力は今も隠然《いんぜん》として、この吉原を動かしておると考えてよいか」

桑平の問いに四郎兵衛はしばし間を置いて頷いた。

「桑平様ゆえ申し上げます。旧吉原からの老舗は少なくなりました。ただ今では吉原の妓楼や引手茶屋の大半が新吉原に移ってから商いを始めた連中です。この連中は知多者の絆など知りますまい。知多者のうちと三浦屋さんは格別に絆を大切にしてきました。一方、俵屋さんは知多者でありながら、その結びつきを廃してまるで京の島原の揚屋と茶屋の機能をいっしょにしたような商いのやり方を代々踏襲《とうしゅう》してこられました。とはいえ、俵屋さんが、引手茶屋の私と妓楼三浦屋の四郎左衛門さんが吉原を動かしておることに公《おおやけ》にも陰にも異を唱えていたとは信じられません。俵屋さんが一見吉原会所の動きに無関心でおられるのは、ただ今の体制でよいと考えてこられたからだと信じておりました。それが……」

「裏切られたと申すか」

「その言葉はいささか厳しいかと思いますがな、知多者ならば、少なくとも万が一の場合、私か三浦屋さんに内々でもよい、相談があって然るべきであったと思うております」

「であろうな」

と応じた桑平が、

「七代目はそれがしに俵屋の行方《ゆくかた》を捜せと言うか」

「いえ、俵屋の引っ越し先は分かっております」

桑平が四郎兵衛を凝視《ぎょうし》すると、四郎兵衛が頷いた。

「偶さか柴田相庵先生の朋輩が文で知らせてこられたのです。私は、尾張に戻られたと考えておりましたがな、なんと品川宿はずれの居木橋村に暮らしておられるそうな」

「四郎兵衛、会うつもりかな」

「その心積もりでおります。あのお方がおられれば私より前に動かれておられましょうが、頼みの綱は京におられますのでな」

と四郎兵衛が言った。

神守幹次郎が吉原会所を謹慎したとき、桑平に会所からは真相は告げられなかった。だが、柘榴の家を出る前に幹次郎は、桑平市松と身代わりの左吉には、およその事情を告げていた。むろん事前に四郎兵衛に了解をとってのことだ。

幹次郎が二人に真相を告げたのは、吉原会所に万が一のことが降りかかった折り、四郎兵衛を陰から助けてくれないかとの思惑《おもわく》があって、心を許した友に願って京へと向かったのだ。

「落ち着かれたかな」

「最前の文では、一年ほどの期間、修業する場を祇園感神院の門前町、祇園界隈に決められたようです」

「それがし、京のことはさっぱり分からんが、神守どのと麻どのは、当初祇園ではのうて、他の遊里を考えておられたか」

「桑平様、旧吉原も今の吉原も京の島原を模《も》して遊廓を設《しつら》えましたのでございますよ。廓内の造りから商いが揚屋、茶屋をもって営《いとな》まれること、さらには遊里の行事、慣わしまで島原を手本にしております」

「ほう、それがし、朴念仁《ぼくねんじん》の町同心ゆえ、吉原は、旧吉原を模したものとばかり思うていた。京の島原が新旧吉原の先達《せんだつ》であったか」

「いかにもさようでございましてな、神守様は、すでに島原のただ今をご覧になったようで、『島原は吉原が範《はん》にするには足りず』と書いてこられました」

「それで祇園を修業の場に選ばれたか」

「私は神守幹次郎様の勘《かん》を信頼しております。ゆえに神守様と麻様が見習うべき花街を祇園と決められたのならば正しい判断をなされたと思います」

四郎兵衛の言葉に頷いた桑平がしばし沈思し、

「尋ねてもよいか」

「なんなりと」

「神守幹次郎どのと加門麻どのの京滞在の曰くは、神守どのが吉原会所の八代目に就くことを前提にしてのことと考えてよいのだな」

「神守様はそう話してはいませんでしたか」

「明確には聞いておらぬ。されどこたびの神守幹次郎どのの謹慎騒ぎ以来の経緯を見ておると、なんとのうそう察した」

四郎兵衛が首肯し、

「神守様方の留守の間にこの四郎兵衛、五丁町《ごちょうまち》の名主方を説得《せっとく》せねばなりませんがな」

「他に京行きの曰くがあるか」

「桑平様ならばお察しなされておりましょう。寛政の改革は吉原の商いを潰しかねませぬ。今のまま官許の遊里の看板だけでは食えません、島原同様に吉原もその轍《てつ》を踏みかねませぬ。神守様は、向後百年の吉原を思案するために加門麻様と二人、千年の都の京に向かわれたのです」

「それがし、四郎兵衛の言葉を聞いて神守どのに降りかかった災難に隠された意図をようやく知ることができた」

と桑平市松がほっと安堵した顔を見せ、

「となると四郎兵衛、なにがなんでも吉原を神守幹次郎どのと麻どのの江戸戻りまで守らねばならぬな」

「ということです。桑平様、お手伝い願えますか」

「俵屋の番頭の角蔵が殺されたのは、金杉村の寿永寺の墓地だったな、寺とは申せ、この界隈はそれがしの縄張りでもある。角蔵の殺しの探索のためにもそれがし、元の主、俵屋萬右衛門に会って角蔵殺しが老舗の大籬の廃業に関わりがあるかなしか調べるのは務めかと存ずる」

「舟を駒形《こまがた》の渡し場に待たせてございます。ごいっしょしましょうかな」

と四郎兵衛が桑平市松に応じた。

三

同じ日の未明のことだ。

幹次郎は祇園社神輿蔵の三基に拝礼すると、手にしていた五畿内《ごきない》摂津《せっつ》津田近江守助直を両手で奉献《ほうけん》するように捧《ささ》げた。その助直を腰に落ち着かせると、加賀国《かがのくに》で出会った眼志《がんし》流《りゅう》の居合術の基本のかたちを一つずつ確かめるように、得心のいくまでゆっくりと抜き、鞘に戻す動作を繰り返した。時に緩急《かんきゅう》の間をつけつつ、ひたすら繰り返した。

どれほどの時が過ぎたか。

幹次郎は、稽古を止めると祇園社から清水寺に上がった。舞台の一角で老師の羽毛田亮禅のお出ましを待ちながら坐禅を組んで瞑想した。

「お待たせしましたかな」

と声がして老師が姿を見せた。

「いえ、大して待ったわけではございません」

幹次郎は答えると結跏趺坐《けっかふざ》を解いた。

老師の近くに身を移した幹次郎は、夜明けの洛中を見ながら老師の読経に導かれるように真似て、天明の大火で身罷った人々の冥福を願い、京の町の復興を願った。

読経が終わると、老師は本堂で勤行《ごんぎょう》を務めるという。

「明朝、参ります」

老師に言い残した幹次郎は音羽《おとわ》の滝《たき》に下りた。

幹次郎は滝の流れに拝礼して、柄杓《ひしゃく》に水を汲《く》み、手足を清めた。

「あら、お侍はんがいはる」

幹次郎が振り向くと、毎朝音羽の滝の水を汲みにくるのか、老婆と孫娘と思しき二人が驚きの様子で立っていた。それぞれ空《から》の木の水桶《みずおけ》を手にしていた。

「驚かせましたか。羽毛田老師に読経を習い、さてこの後、どうしたものかと思案していたところでした」

と詫びた。

「お侍はん、老師はんと知り合いどすか」

老婆が訝しげな顔で問い、

「知り合いと申しても浅い付き合いにござる。老師に京の諸々《もろもろ》を教えて頂いており申す」

と答えた幹次郎は、

「桶を貸しなされ、水を汲ませて頂きましょう」

と孫娘から木桶を受け取った。

流れ落ちる音羽の水を木桶に受けていると、

「お侍はん、清水はんに世話になってはるんやろか」

と十四、五と思しき孫娘が婆様《ばあさま》の提げていた木桶を受け取りながら自問するようにだれとはなしに尋ねた。

「それがしの仮住まい、清水寺ではござらぬ。祇園感神院の神輿蔵です。そなた方は毎朝、音羽の滝に水汲みに参られるか」

「産寧坂《さんねいざか》で茶店《ちゃみせ》を開いてます。参拝のお客はんに供する茶の水はこちらから汲む慣わしどす」

老婆が答えた。

「さようか、祇園社に戻るゆえお婆様《ばばさま》の木桶はそれがしが茶店まで運んでいこう」

と幹次郎が言うと孫娘が、

「助かります」

と素直に幹次郎の申し出を受けた。

「音羽の滝の水汲みは清水さんの門前町の住人の慣わしどすねん」

「京の水はなかなか美味《おい》しゅうござるでな。江戸の水とは全く違う」

「お侍はんは江戸のお方どすか」

「一年にかぎり京に住まいして、修業するために参ったところだ。京に着いておよそ十日になるかのう。未だ京の東も西も上《あが》ルも下ルもよう分からぬ」

「お侍はんがなんの修業をしはりますんや」

ゆったりと老婆の足の運びに合わせて歩む孫娘が尋ねた。

「いささか説明するのは厄介でな。祇園の商いを知りたいのだ」

「お侍はんが、祇園の商いをたった一年で修業どすか」

と老婆が呆れ顔で言った。

「お婆様、曰くがあってのう。かような仕儀《しぎ》になったのだ」

「曰くがのうては清水の老師はんと知り合いにならはったり、祇園社の神輿蔵に寝泊まりしはったりなんかできるわけおへん」

「全くじゃな。江戸におるとき、京の人は余所者をなかなか受け入れてはくれぬと聞いていたで、どうしたものかと思案しながら参った。じゃが、江戸での話は大げさであったようだ」

「お侍はん、江戸のお方のお話は当たってますえ」

「ほう、ならばなぜそれがし、老師や祇園社の彦田執行様のご親切を受けられるようになったのであろうか」

「どなたはんかの口利きとちゃいますん」

と老婆が関心を示したように聞いた。

「いや、江戸から老師宛ての口利き状を持参したわけではない。そうじゃ、この辺りであったかのう、それがしと連れが無頼の侍らに襲われたのだ。その様子を清水寺の老師が見ておられて、あと始末をつけて頂いた。それが縁で老師と知り合いになったのだ」

と幹次郎が掻《か》い摘《つま》んで説明すると、

「お婆、あの騒ぎのお侍はんや」

孫娘が驚きの声を漏らした。

「なに、そなたらは承知か」

「参寧坂の迫田了庵《さこたりようあん》先生のとこへ刀で斬られた侍が運び込まれましたんや。そうや、あの折り、老師が付き添わはって手配してはったな、おやす、違《ちご》たかいな」

「そやそや、あの騒ぎにこのお侍はんが関わってはったんやろか」

「致し方なく抜き合わざるを得なくてな、その一部始終を羽毛田老師が見ておられたのだ」

孫娘と老婆が改めて幹次郎を眺めた。

「死ぬほどの傷を与えたわけではない。お医師のもとへ運ばれたならばそろそろ怪我は快復していよう」

「お侍はん、怪我人とは知り合いやおへんのか」

「あの者らとは知り合いではない。その雇い主はなんとのう推測できる」

「お侍はん、どないして斬り合いになったんやろか」

と孫娘が言ったとき、産寧坂の茶店の前に三人は着いていた。

「お侍はん、おおきに。ここがうちの茶店どす」

と孫娘が言い、

「ならば水を入れた木桶はこちらに置いておこう」

と幹次郎が木桶を店先に置いた。

「おやす、お侍はんに手を煩わせたんか、お婆がどうかしたん」

とおやすの母親と思える女が訝しげに質した。

「親切なお侍はんがな、水を汲んでな、お婆の木桶をうちまで運んでくれはったんや。お母《かあ》はん、大変やがな。このお侍はん、清水寺の老師はんの知り合いやて。ほれ、寺下で斬り合いがあったやろ、あんときの相手のお侍はんや」

「えっ、老師はんの知り合いが斬られはったんか」

「ちゃうがな、斬り合いを老師はんが見てはってな、このお侍はんに迷惑がかからんよう、始末つけはったんやて」

母親が幹次郎をしげしげと見て、なんとなく得心したようだった。

「お侍はん、世話かけましたな。あんたはんが運んできた音羽の水で茶を点《た》てます、飲んでいっとくれやす」

「お母はんも言うてます。うちの桜餅《さくらもち》も美味しおすえ」

とおやすも幹次郎を招き、最後には、

「お幸《ゆき》、江戸のお侍はんにな、京の人間は親切やて、教えてやらなあかん」

と老婆の言葉に尻押しされた幹次郎は、産寧坂の茶店の庭の縁台に坐ることになった。

そこで幹次郎はまた斬り合いの経緯を母親に話すことになった。むろん旧藩の関わりは告げずにだ。

「お侍はんの住まいは祇園社の神輿蔵やて」

「神輿蔵に住まいやて、京の人間かてできへんことやがな」

と母親のお幸が言い、

「あんたはんのお連れは女衆やてな」

「お母はん、連れってお侍はんやないの」

「おやす、ちがうちがう。お侍はんのお連れはきれいな女子はんやて」

母親のお幸は娘より騒ぎを承知していた。

「お侍はん、ほんまの話どすか」

幹次郎はしばし間を置いて首肯した。

「お侍はんのおかみさんどすか」

こんどは娘のおやすに母親の好奇心が乗り移ったようで質した。

「おやすさん、それがし、神守幹次郎と申す。それがしの連れは女房ではない、義妹《いもうと》でな」

「義妹やて、おかみはんはどないしはったんや」

「江戸に残っておる」

と幹次郎が答えたとき、茶菓が運ばれてきた。お婆にも茶が供された。ただし売り物の桜餅がついているのは幹次郎だけだ。

「われらがなぜ京に来たのか、説明すると長くなる。いささか複雑な事情がござってな」

と言い訳した。

「お侍、神守はんやったな。おかみはんの妹と京に道行《みちゆき》どしたか、それで斬り合いになったんやろか」

とおやすが想像を逞《たくま》しくして聞いた。

「おやすさん、義妹の麻が今どこにおるかそれがしが答えたら、いくらか得心するかも知れぬな。麻は祇園の一力亭にて見習奉公を始めたばかりだ」

「えっ、江戸の女子はんが祇園の一力はんで奉公どすか」

「われら、江戸の吉原というところと関わりがある人間なのだ。江戸では、公儀の『贅沢はならじ、節約に努《つと》めよ』という寛政のお触《ふ》れに、客足が遠のいておるのだ」

「京といっしょや」

おやすの言葉に頷いた幹次郎は説明を続けた。

「吉原の向後百年のことを見据えてな、それがしと麻が京に参り、京の商いを少しでも参考にしようと考えたのだ。斬り合いはな、修業とは関わりはない。まあ、いきがかりだ

「きっと斬られたお侍は神守はんの連れの女子に目をつけはったんや、ちゃうやろか」

とおやすが妄想逞しい考えを披露した。その言葉に笑みで応えた幹次郎が、

「それがし、毎朝、清水寺の老師と読経を致す約定でな、天明の大火事で亡くなられた人々の法会《ほうえ》に見習いで付き合うことにした。ゆえに時折、こちらにお邪魔して、われらの京修業話を聞いてもらおう」

と言い足すと、

「えろう不快なことを親子で質しましたな。どうか、うちのお薄《うす》を喫《きっ》して機嫌直しとくれやす」

とお幸が勧めた。

「頂戴しよう」

幹次郎は抹茶《まっちゃ》を喫して大きく頷いた。

「どないどす、音羽の滝のお水は」

「京は水処《みずどころ》じゃと感じ入っておったが、清水寺の音羽の滝の水は格別でござるな、なんとも美味しい抹茶にござる」

朝の間とあって清水寺に上がる門前町の産寧坂には客の姿はなかった。

「うち、江戸が不景気やなんて考えもしなかった」

おやすがふと思い出したように言った。

「おやすさん、江戸はどんなところと思うておったな」

と幹次郎が質し、

「京よりも何倍も大きな都どっしゃろ」

と孫娘が答えた。

「人の数は百万を超えて一説には百二十万と言われる」

「ひ、百二十万人やて、京の何倍もおますな」

おやすが仰天した顔で言った。

「それだがな、おやすさん、半分以上の人間が諸国から参勤交代《さんきんこうたい》で江戸に出てきた勤番《きんばん》侍《ざむらい》なのだ。ゆえに江戸の七割がたを武家屋敷が占めておって町屋は少ない、武骨《ぶこつ》な都じゃ」

「京とちゃうな、京は武家屋敷の代わりにお寺はんや神社ばかりや」

とおやすが応じた。

「とはいえ寺社地が七割を占めることはあるまい。江戸におる武家方は、札差《ふださし》、両替商などごく一部の商人衆にぐっと首根っこを押さえられておる。武家本位の政《まつりごと》に戻そうと、ただ今寛政の改革を企てておられる老中松平定信様は緊縮策を推《お》し進めておられる。最前も申したが、節約しろ、贅沢はするなばかりでは、財政改革はならず、その上、商いもなかなか難しい。それがしと麻が吉原の命《めい》で、京に商いを学びに参った曰くだ。だが、京に来てみると、天明の大火事の被害が未だこの京の商いを苦しめているようで、正直驚いておるところだ」

「神守はん、江戸の吉原といえば花街やな」

とお婆が茶を喫しながら幹次郎に尋ねた。

「いかにもさよう」

と答えた幹次郎だが、吉原と京の遊里ではだいぶ趣《おもむき》が異なっていると考えていた。

「花街にお侍はんが奉公してよろしおすか」

「お婆様、吉原は公儀がお許しになった遊里でござる。ゆえに公儀の役人、江戸町奉行所が監督差配しておる。だが、役人と申す者、手を汚すのを嫌う輩《やから》でな、江戸町奉行所の吉原詰所である面番所に代わって、吉原会所が廓内の治安から商いまでを司《つかさど》っておる。それがしと女房の汀女は、その吉原会所に雇われの身、騒ぎ一切を会所の者といっしょに鎮《しず》めるのが役目にござる。吉原会所ではそれがし、裏同心と称されておるが、体《てい》よくいえば用心棒でござるよ」

「ほう、用心棒はんが義妹はんといっしょに遠い京の地まで花街の修業どすか」

「さよう、お婆様、訝しゅうござるかな」

「おかしおすな」

とお婆が茶を喫した。

幹次郎は桜餅を頬張った。

今や問答はお婆と幹次郎の二人に移っていた。

お幸とおやすではもはや問答についていけなかった。

「京での官許の色里《いろざと》はどこか承知やろな」

お婆が尋ねた。

「島原と存ずる」

「神守はんの口調やと島原を訪ねたんちゃいますやろか」

「麻といっしょに訪ねました」

「で、どないどした」

「洛中といえどもいささか繁華《はんか》な三条、四条から離れております。そのせいもあって、賑わいは感じられませんでした。わずか一晩の滞在でしたがな」

「幾晩泊まらはってもその考えは変わらんのとちゃうやろか」

「お婆様、花街に詳しゅうござるな」

「うち、祇園の髪結床《かみゆいどこ》に長年奉公してな、この茶店を開く元手を貯《た》めたんどす。ゆえに花街の裏表は承知どす」

と思い掛けない言葉を幹次郎は耳にした。

「神守はん、麻はんは一力亭に奉公やと聞きましたがな、ただの女衆として奉公どすか」

「いえ、女将の水木様の下で茶屋の商いを学ぶことを許されました」

「神守はんも麻はんもただ者やおへんな」

と娘と孫娘に言ったお婆が、

「神守はんの修業はなにをしはるつもりや」

「われらに許された歳月は一年、それも道中と京滞在で一月《ひとつき》余りすでに費消《ひしょう》しています。なにをなせば吉原の向後百年のためになるか、未だ的《まと》が絞られていませんでな、困っております」

「困った顔やおへんな」

と言ったお婆が、

「神守はんの感じられたように花街は島原から祇園や宮川町、先斗町《ぽんとちょう》、上七軒《かみしちけん》に移っております」

「吉原のためになる商いの筋が見えませんな」

「と言うほど神守はんは焦《あせ》ってはりませんな」

「いえ、内心は困惑《こんわく》しておりますがな、不思議なもので、このお婆様との問答がためになるかもしれず、あるいは一年いても江戸へ無益のまま戻ることになるやもしれず、ここはじっくりと腰を落ち着けて思案致す所存です」

と応じた幹次郎が茶代になにがしか置こうとすると、

「神守はん、今日は客やて思《おも》てません、水の運び賃どす」

とお婆が笑った。

「お婆様、ならば本日は接待を有難《ありがた》くお受け致します」

「明日、またお会いしまひょ」

と言ったお婆に、

「名を聞いておりませんでしたな」

「うちどすか、古希《こき》を過ぎたら女でもあらへん、名も要《い》りまへん。ただの産寧坂の茶店のお婆どすがな」

「ならばお婆様でお付き合い願いとうございます」

「ああ、そうや、連れの女子はんをお連れになりなはれ、うちは麻はんに関心がおます」

「一力亭にての奉公です、そうそう容易く連れ出すことはできますまいが、茶屋の主どのと女将様に願《ねご》うてみます」

「その折りな、産寧坂の茶店のお婆の願いやと言うてみなはれ」

しばしその意を考えていた幹次郎は、

「相分かりました。抹茶も桜餅も麻なれば歓《よろこ》びましょう」

と言い残すと茶店の縁台から腰を上げた。

四

居木橋村は品川北本宿の西側、目黒川右岸にあったために度々氾濫《はんらん》に遭《あ》い、台地に集落を移した。

元禄郷帳《げんろくごうちょう》によると村高二百三十石余、田畑は目黒川沿いに広がっていた。田は黒土で肥沃《ひよく》だったが、一方畑は赤土で砂利《じゃり》交《ま》じりのやせ地であった。

旧吉原以来、老舗の妓楼の主一家が住まいするような土地ではなかった。

俵屋一家を捜しあてる前に四郎兵衛と南町の定廻り同心桑平市松は、柴田相庵の同業の医師古林正庵を訪ねて、俵屋の仮住まいを聞いた。

「なんと吉原会所の頭取と町方役人《まちかた》が直々にお見えですか」

といささか驚きの表情を見せた正庵が、

「それにしても吉原の大籬の主だった一家がこの辺鄙《へんぴ》な居木橋村に住まいするのは大変でしょうな」

と言い足した。

「俵屋の家族は元々大所帯でしてな、倅夫婦は金杉村の閑静《かんせい》なところに庭付きの立派な家を持ち、そちらで暮らしておったはずです。そちらの家の倅一家もこちらに引っ越してお りますか」

「わしの知るところでは俵屋萬右衛門夫婦に倅の太郎兵衛《たろべえ》と嫁、それに倅夫婦の子が三人と聞いておりますがな、使用人は一人もいないはずです」

古林正庵の診療所より西に七、八丁（約七百六十〜八百七十メートル）離れた高台の竹林《ちくりん》に囲まれた百姓家に住んでいることを教えられた。

「うちの前の野道を西に向かえば、地蔵堂《じぞうどう》がありましてな、その脇から竹林に向かいなされ。村の名主の先代助左衛門《すけざえもん》が住んでいた家でしてな、藁《わら》ぶきで納屋《なや》まであるが結構傷《いた》んでいるという話です。まあ、吉原なんて華やかな官許の廓で大見世の主を務めていた一族が住む借家ではありませんな」

「それにしてもなぜかような場所に逃げてきたか」

と正庵が言い、

と首を捻った。

「正庵先生、懐具合はどんな風です」

「倅夫婦の末娘のしのちゃんが風邪を引いて高熱を出したとき、母親に連れられてうちに来たのですがな、母親の言動からして決して内証《ないしょう》が豊かとは思えませんでしたな」

「俵屋さんは旧吉原以来の私どもの同業の中でも数少ない老舗の妓楼の主でした。なぜかような場所に隠れ住まなければならないか見当もつきませんな」

と四郎兵衛が正庵に応じた。

「頭取、孫娘の四つのしのちゃんですがな、異なことがございましてな」

「ほう、なんでございましょう」

「右手の小指がないのでございますよ」

「生まれつきですかな」

「いえ、違いますな。この数月前に故意か事故かで小指を切り落とされたと思えます。なかなか愛らしい孫娘ですが、未だその怪我の後遺症《こういしょう》に母親もしのちゃんも悩まされておるのは明らかです。私もなにがあったか尋ねたが、血相変えた母親に、『先生はしのの熱を下げてくだされればよい。余計なことに関心を持たないでください』と厳しく叱《しか》られました」

「正庵先生、その傷ですが誤って小指を切り落としたのでしょうかな」

とそれまで黙っていた桑平同心が問うた。

「いや、鋭利《えいり》な刃物で、だれぞが切り落としたと私は判断しました」

「ほう、幼い娘の小指を切り落とすとは人非人ですな、しののこれからが心配です」

と四郎兵衛が驚きの顔でしのを案じた。そして、

「まずは俵屋さんの仮住まいを訪ねてみます。帰りにまた寄せてもらうかもしれません」

と言い残して古林の診療所を出た。

居木橋村の田圃道を西に向かって歩き出したとき、桑平同心が言い出した。

「七代目、正庵先生は、一家は萬右衛門夫婦に倅夫婦、それに子が三人の七人と申されたな」

「私も聞きました」

「それがしの調べでは金杉町の小洒落《こじゃれ》た別邸には倅の太郎兵衛と嫁のおなか、この二人の間に五人の子があったそうな。数月前までの話だ。むろん萬右衛門夫婦にとって孫であるがな。長男は壱太郎《いちたろう》十四歳、長女のお華《はな》は十一歳、次男坊は十の万次郎《まんじろう》、三男が七つの参《さん》

之助《のすけ》、そして、末娘がしの四歳と調べがついておる」

「萬右衛門の孫の五人が三人に減っていますか。どうやらこの辺りに老舗の妓楼の俵屋が潰れ、吉原からひそかに逃げ出さねばならない原因が隠されておるようですな」

「それがしにもそう思える。しのが小指を失わざるを得なかったことも関わりがござろうな」

四郎兵衛の推測に桑平同心が賛意を示し、言い足した。

「四郎兵衛、三ノ輪の定五郎が調べてきたことだ。金杉村の倅の別邸もすでに人手に渡っているようだが、相手は未だ調べがついてないそうだ」

なんとのう、と漏らした四郎兵衛はこの騒ぎの根っこは深い、吉原の存続に関わるかもしれんと漠然たる不安を抱いた。

「俵屋は吉原の大籬と金杉村の別邸の売り値だけで千両は軽く超えても不思議はない。それに長年の商いで貯めた金子が何千両もあったはずです。それがこの数月のうちに失《う》せ、この辺鄙な村住まいです。なにがあったのか」

四郎兵衛が最前から同じ疑問を繰り返し、無念そうに言った。

地蔵堂が行く手に見え、そこから南側の高台の竹林に向かってあぜ道に毛が生えた程度の狭い道が延びていた。

「どうやら俵屋の住まいはあの竹藪《たけやぶ》の中のようだな」

と桑平同心が先に立って歩き出した。

その瞬間、桑平も四郎兵衛も視線を感じた。だが、二人して何事もなかったかのように田圃の間の道を進み、竹林の中に続く坂道を上った。

荒れた庭先に夜具が干してあった。

古びた百姓家の縁側で一人の老人が煙草《たばこ》を吸っていた。

(まさか萬右衛門ではあるまいな)

と四郎兵衛は一瞬考えた。だが、深い付き合いはなかったにしても同じ廓に長い歳月過ごしてきた人間同士だ。一月《ひとつき》か二月《ふた》に一度は廓内で会っていた。最後に萬右衛門の姿を見たのは正月の松《まつ》の内《うち》過ぎのことだと思い出した。

あの折り、遅まきの賀《が》を祝《しゆく》し合ったが、格別に異変は見られなかった。萬右衛門は洒落者らしく、春めいた小袖《こそで》の着流しだった。

それがどうだ。一気に十から十五歳は老《ふ》けて見え、白髪交じりの蓬髪《ほうはつ》だった。

人の気配を感じたか、びくりと身を震わせ、四郎兵衛と桑平を見た。

「萬右衛門さんじゃな、お邪魔してよいかな」

「こ、困る」

萬右衛門が狼狽《ろうばい》しながら叫んで糾《ただ》した。

「どうしてここを知ったか、七代目」

「私とな、南町の定廻り同心の桑平市松様じゃぞ、そなたの行方を捜そうと思えば、手はないことはない。どうだ、少しばかり話ができぬか」

「嫌じゃ、わしはもはや吉原と関わりがない人間じゃ」

「そこじゃな。おまえ様は吉原と関わりがないと申されるが、私どもは認めてはおらぬ。旧吉原以来の俵屋を廃業されるならば、それなりの手続きが要ることをおまえ様が知らぬはずもなかろう。吉原会所に届けもないとなれば、吉原としては未だおまえ様を俵屋の楼主として遇《ぐう》するしかない」

「新たな妓楼の主から届けが出されよう」

「ほう、そのお方はどなたかな」

「知らぬな」

と萬右衛門が即答した。

「それでは俵屋の譲渡は認められぬ」

「勝手になされ」

四郎兵衛はしばし間を置いた。

その間に萬右衛門は銀煙管をくるくると忙《せわ》し気《げ》に弄《もてあそ》んでいた。ただ一つ、萬右衛門が吉原の老舗の大籬の主だったことを示す凝った造りの銀煙管だった。だが、古びた煙草盆の刻《きざ》み煙草は匂いからして安物だった。その落差がなんとも四郎兵衛には侘《わび》しく感じられた。

「俵屋をなにが見舞ったのですな」

「なにもない。吉原の妓楼の主であることに疲れただけだ、四郎兵衛さん」

「それならばそう私に申されれば手続きはできましたぞ。そなたは、吉原会所を、私を避けなさった。なにかが俵屋を見舞ったという他に考えつかぬ」

「なぜ七代目を避けねばならぬ」

「そのわけがな、分からぬゆえこうして桑平様と二人してこちらまでお邪魔した」

「ならば一人で来るがよかろう」

「それがそうもいきませんでな」

四郎兵衛の言葉に萬右衛門が黙り込んで、四郎兵衛が町奉行所の同心を同行した曰くを問おうともしなかった。

縁側の萬右衛門と四郎兵衛の会話を奥で倅か、だれかが聞いている気配があった。

「萬右衛門さん、そなたとこの私はただ今の吉原でも数少ない尾張知多者でしたな。なぜこの知多者の四郎兵衛を信用してくれませんでしたな」

　萬右衛門は黙り込んだままだ。

「そなたが俵屋の沽券を渡した相手じゃが、荒海屋金左衛門ですかな」

　四郎兵衛の問いに萬右衛門がのろのろと顔を上げて、

「荒海屋 某《なにがし》とはだれですな」

　と問い返した。

「佐渡鶴子《つるし》銀山の山師ですよ」

「知りませんな」

　と萬右衛門が首を振って否定した。

　四郎兵衛は澄乃が語った風采《ふうさい》や年恰好《としかっこう》を告げた。

「七代目、そのような御仁など私は知りません」

　四郎兵衛も桑平も、萬右衛門の表情は、荒海屋金左衛門を本当に知らぬと告げているのを確信した。

「ならば、そなたが俵屋の沽券と金杉村の別邸を売り渡した相手の名を教えてくれませんか。萬右衛門さんにとって決して悪いようにはせぬと約定しよう」

「七代目、私らはもはや吉原の妓楼も金杉村の別邸もなんら関わりがないのですよ。それをどうして分かってくれませんな」

「萬右衛門さん、旧吉原から官許の遊里に関わってきたそなたからさような言葉が聞かれようとは思いもしませんでしたよ」

「七代目、なんとでも言いなされ。もはや私らは吉原とは縁がない身です」

と萬右衛門が言い切った。

「萬右衛門さん、新しい妓楼の主に馴染客はもとより、遊女や男衆女衆を楼ごと譲り渡されましたかな」

四郎兵衛は話の矛先《ほこさき》を変えた。

「いくらダメな妓楼の主とて奉公人の働き口くらいは残してやりとうてな」

「萬右衛門さんの親切、遊女や奉公人にとって喜ばしいことでしょうかな」

「どういう意ですか、四郎兵衛さん」

四郎兵衛は無言を通してきた桑平市松を見た。

「俵屋、それがしは南町奉行所定廻り同心ゆえ廓内のことに首を突っ込むつもりはない。だがな、縄張り内の殺しは調べるのがそれがしの役目だ」

「殺しと申されたか、桑平様」

萬右衛門の顔に恐怖が奔《はし》った。

「俵屋の菩提寺は寿永寺じゃそうな」

「そ、それがどうしました」

萬右衛門の口調が急《せ》き込んだ。

「俵屋の代々の墓の前で墓石を抱く様に殺されていた者がいた」

「だ、だれでございますな」

「番頭の角蔵だ」

「た、確かにうちの番頭ですか」

「そなた、だれと思ったな」

「だれなどと考えもしません。番頭がなぜ殺されねばならないか、分からぬもので質したのでございますよ」

と言った萬右衛門が、
ふうっ
と吐息をした。

奥の暗がりから二人が姿を見せた。

萬右衛門の女房のお市《いち》と倅の太郎兵衛だ。

「七代目」

とお市が縋《すが》るような眼差しで見た。

「お市さん、なぜ四郎兵衛を信じてくれなかった。私はおまえさん方が私のやり方を信頼してくれているとばかり思っていたんですぞ。同じ尾張知多の出の人間同士、死ぬも生きるもいっしょ、言葉は要らぬと考えていた私が愚《おろ》かだったよ、女将さん」

四郎兵衛の言葉にお市の両眼から涙がぼろぼろと流れ始めた。

「頭取、親父《おやじ》も私も吉原会所のやり方を支持していましたよ」

と倅の太郎兵衛が無表情と思える顔で言った。

「太郎兵衛さん、親父さんの萬右衛門さんの商いをおまえさんは継ぐ心積もりでいなさったのではありませんか」

四郎兵衛の問いにこっくりと頷いた太郎兵衛が悔しげな顔を一瞬見せたが、また無表情に戻した。

「太郎兵衛さん、おまえさんと嫁のおなかさんの間には五人のお子さんがおられましたな」

四郎兵衛の問いに三人の顔に新たな恐怖が奔った。

「嫁とお子はどうしていなさる。聞けば今この借家には三人しか子がいないそうな」

三人はそれぞれがなにかを答えようとしたが、萬右衛門が女房と倅を制して、

「見てのとおりのこの体《てい》たらくだ。今いない二人はおなかの実家に預けていますよ」

「おなかさんの実家はどちらでしたかな」

「七代目、私どもはお調べを受けていますので」

「そう取られたらお詫びしますよ」

と四郎兵衛が謝り、

「萬右衛門さん、この四郎兵衛や桑平の旦那が力になれることはございませんかな」

「ありませんな」

と萬右衛門が即答した。

「萬右衛門さん、この四郎兵衛と話したいことがあると思われたとき、浅草並木町の料理茶屋山口巴屋を訪ねて、汀女先生にわしに会いたいと伝えてくれませんか。直ぐに駆けつけますでな」

と四郎兵衛が言い残し、二人の訪問者が去ったあと、萬右衛門は縁側の隅に袱紗《ふくさ》で包んだ五十両の金子があるのを見つけて言葉を失った。

居木橋村から目黒川に泊めていた舟に乗った二人はしばしの間、ともに沈思していた。

「四郎兵衛、この話、容易く謎解きができそうにないと考えるのはそれがしだけであろうか」

と桑平が自問するように言った。

「いえ、同じ考えにございますよ。あの怯《おび》え方は尋常ではない」

と賛意を示した四郎兵衛が、

「桑平様、相手方は惨酷非道《ざんこくひどう》な連中ですよ。萬右衛門さんの孫二人が未だ俵屋を乗っ取った一味の手に捕《とら》われていると考えたのだがどうですね」

四郎兵衛の推量に桑平が大きく頷いた。

「となるとまず萬右衛門さんの孫を助け出さねばこの一連の騒ぎの目途は立たぬな」

「ということです」

と応じた桑平が、

「萬右衛門の借家を一味の連中は承知しているのかな」

「当然承知していると見たほうがようございましょう。しかし、居木橋村に会所の人手を割《さ》けるかどうか。何しろ吉原から遠《とお》うございますからな」

と四郎兵衛が困った顔をした。

そのとき、四郎兵衛の脳裡《のうり》に身代わりの左吉の顔が浮かんだ。荒海屋金左衛門の身許を調べてもらおうと思いながら、未だ連絡をとっていなかった。この際、左吉に俵屋萬右衛門一家の見張りを願おうと思ったのだ。

「四郎兵衛、この俵屋の廃業の一件に佐渡の山師は関わっておらぬかな。萬右衛門は荒海屋金左衛門を知らぬ様子だったな」

「私もあの表情を見て、とぼけているとは思えませんでした。俵屋から沽券を脅し取った一味がだれか存じませんがな、最後には荒海屋にいきつくような気がしました。ともあれ、荒仕事をする連中も俵屋から沽券を騙し取った連中も私どもの前に未だ姿を見せておりませんな、そう思いませんか」

四郎兵衛の話に桑平が頷いた。

舟は目黒川から、漁師らには武江《ぶこう》と呼ばれる江戸の内海に出て大川《おおかわ》（隅田川《すみだがわ》）河口を目指していた。

「七代目、俵屋の妓楼商いは吉原の中でも独特と言うておったな」

「特異でしたな」

と応じた四郎兵衛は俵屋のやり口を詳しく桑平に説明した。

「老舗の大見世でありながら張見世なし、馴染客だけの商売か。話を聞くだに珍しいことだな」

と言った桑平が、

「七代目、となると吉原会所が内実を知らぬ一番手が俵屋ということになるか」

「そう申してよいでしょうな」

舟に揺られながら顎を撫《な》でていた桑平が、

「馴染客の中に廓外のだれぞに話を漏らした者がおらぬかな。特異な商いであっただけに楼主のやり方を一番承知なのは、俵屋の馴染客ということはないか」

桑平の思いつきに長いこと沈黙して考えた四郎兵衛が、

「早速調べさせます」

と請け合い、

「神守様不在の折り、桑平様の手助けは大いに吉原会所の力ですぞ」

と言い添えた。そして、この一連の騒動、桑平の言うように、

(容易く目途が立つまい)

と覚悟した。

第三章　祇園の謎

一

四郎兵衛が吉原会所に戻ったとき、五つ（午後八時）を過ぎていた。すでに夜見世は始まって佳境《かきょう》を迎える刻限だが、今一つ廓内に活気が見られなかった。

番方の仙右衛門が安堵の顔で四郎兵衛を迎え、

「七代目、何事もござりませんでしたかな」

とまず頭取の身を案じた。

「私にはなんの異変もございません」

と応じた四郎兵衛が番方を奥座敷に招《しょう》じた。すると澄乃が盆の上に淹《い》れたての茶を載せて運んできた。他の連中は見廻りに出ているらしい。

「おお、頂戴しよう」

四郎兵衛が茶を美味そうに喫した。すると澄乃が、

「玉藻様は落ち着かれて、起きて働こうとなさいましたが、汀女先生に、相庵先生の中されることを聞いて二、三日は体を休めなされときつく忠言《ちゅうげん》されて、休んでおられます。茶屋の階段の上り下りが危ないからと正三郎さんも同じ考えです」

「玉藻は年がいっての初産じゃによって、注意はしたほうがよかろう」

と四郎兵衛も同意した。

澄乃が奥座敷から引き下がろうとするのを引き留めた四郎兵衛に番方が、

「俵屋の萬右衛門一家に会うことができましたか、七代目」

と案じていたことを問うた。

「会えました」

と答えた四郎兵衛が、

「品川宿外れに野州《やしゅう》か上州《じょうしゅう》の在所のような村があるのですがな。その中でも俵屋さん一家の住んでおるところは、わずか数月前の吉原の暮らしからは想像もできぬほど酷《ひど》いものです」

と前置きし、萬右衛門とお市夫婦、倅の太郎兵衛と交わした問答を二人に掻い摘んで話

して聞かせた。

話が終わっても二人は無言だった。驚愕していることが無言の顔に表われていた。仙右衛門は、

「七代目、吉原になにが降りかかっているのですか」

と質した。

「さあてな、そこまでは未だ言い切れませんが、少なくとも俵屋は地獄に落とされたことは確かのようだ」

「萬右衛門の大旦那はなんと申されました」

「萬右衛門さんは佐渡の山師の荒海屋金左衛門という人物に会ったこともないと言われました。一緒に話を聞いた桑平市松同心もこの一件については私の考えと同じ、少なくとも萬右衛門さんと金左衛門は知り合いではなさそうです、これが本日分かったことです」

「ということは俵屋の沽券を入手したのは荒海屋ではないと言われますか」

「いや、沽券を所持しているのは荒海屋でしょう。ただし俵屋をどのようにしてか、妓楼と金杉村の別邸を手放すように仕向けたのは別の人物と思えます。俵屋と荒海屋の間に私どもが知らぬ人物が一人、二人介在《かいざい》しているようです」

「なんということった」

と仙右衛門が呻き、

「七代目、どこから手をつけますな」

「そこです。帰路の舟でな、桑平様が俵屋の馴染客の中に俵屋追い出しを謀《はか》った者がいないかと質されたのです」

「ほう、それは」

と仙右衛門が応じて、

「私どもは長年俵屋独特の商いを黙認してきてしまったのだと、桑平同心の言葉で気づかされました。まず俵屋の常連客を調べるところから始めませぬか、番方」

と四郎兵衛が言った。

「七代目、えらく迂遠《うえん》な探索ですな」

「番方、この騒ぎ、そう容易く全容が分かりますまい。なんとしても私どもは最初から順を追って荒海屋金左衛門に辿《たど》りつくしか手はありませんでな」

「へえ」

「桑平様が私どもを廓の外から手助けすると申されております。それとな、居木橋村の帰りに馬喰町《ばくろちょう》の煮売り酒場に私だけ立ち寄り、運よく居合わせた身代わりの左吉さんに会うことができました。そこで左吉さんにも佐渡の山師を調べてもらうように願ってきました」

「七代目、こちらは相手が未だ分かっていません。一方、やつらは俵屋を、吉原会所のことをとことん調べ尽くして仕掛けていませんか」

「そういうことです。番方、うちが後れをとっていることも陣容《じんよう》が足りぬことも承知の上です。ここはなんとしても頑張りぬくしかございません」

「へえ」

と応じた仙右衛門が四郎兵衛から聞いた話を頭の中で整理するように黙り込み、沈思した。

「頭取、話をしてもようございますか」

と澄乃が願った。

「そなたはうちと関わりを持って日は浅《あそ》うございますが、神守様の下で修羅場《しゅらば》を潜ってきました。そして、今や吉原会所のただ一人の裏同心です。考えがあれば述べなされ」

「俵屋に出入りの商人に聞いた話ですが、殺された角蔵さんは女衆のおとみさんとわけありの間柄であったとか」

「待ってくれないか。おれが知る話は反対のことだ、俵屋の番頭と余所の妓楼では遣り手《やて》と呼ばれる女衆頭のおとみとは犬猿《けんえん》の仲と聞いたぜ」

「番方、俵屋さんは奉公人の情ごとにはとりわけ厳しい楼だったようですね。そこで二人は俵屋では犬猿の間柄を装い、一月にいちど、不忍池《しのばずのいけ》の水茶屋《みずぢゃや》で密会をしていたそうな。こたびの角蔵さんの行方《ゆくかた》知れずをひそかに案じているのはおとみさんだそうです」

俵屋が廃業したことも角蔵の死も未だ公表されていなかった。

桑平市松と四郎兵衛が話し合い、極秘の探索を名目に、しばらく限られた人間の間に真相を留めておくことが決まっていた。そして、角蔵の亡骸は寿永寺の無縁墓地に仮埋葬されていた。

「おとみは角蔵の死を知らないのだな」

「知らないと思います」

と応じた澄乃が、

「角蔵さんとおとみさんは俵屋の身内ではありませんが、二人して二十年以上も俵屋で働いてきたのです。角蔵さんが承知だったことをおとみさんも知っておるのではないでしょうか。またおとみさんも、見聞したことを角蔵さんに話したとは考えられませんか」

「男と女が情を交わした間柄なら、ましてや主人一家に起こったことは二人して互いに承知しているかもしれませんな」

「おとみさんと会って話がしとうございます。七代目、いかがですか」

「廓の中には、荒海屋金左衛門の意を受けた、京の花街で奉公していた女衆や、残された俵屋の遊女や奉公人を見張る男たちが入り込んでいるのではございませんかな、そやつらに気づかれぬように大門の外に呼び出す策がありますかな」

「七代目、女は女同士、意外と澄乃の話に食らいつくかもしれませんな。わっしなど、角蔵とおとみは犬猿の仲とばかり思うておりましたからな」

仙右衛門が腹立たしげに言い放った。

「よし、澄乃、今晩にもおとみに話がつけられればよいがな」

「試してみます」

と言った澄乃が、

「廓の外で会うとして、どこぞ宜しき場所がありましょうか」

「澄乃、二人が出会《おうせ》っていた不忍池の水茶屋の名は分かりますかな」

「はい。水茶屋逢瀬にございますそうな」

「ならばそこへおとみを呼び出しなされ」

「今晩じゅうとなると無理でございます」

「それは承知です、明日にもなんとか会《お》うてくだされ。そうじゃ、日にちと時が決まったら知らせてくれませんか」

と四郎兵衛が命じ、頷いた澄乃は即座に吉原会所の老犬遠助を連れて角町の老舗、俵屋だった妓楼の勝手口を訪ねた。

四半刻《しはんとき》（三十分）後、澄乃は遠助といっしょに戻ってくると、

「明日八つ半時分に水茶屋逢瀬におとみさんが参ります」

と四郎兵衛に伝えた。

「ようやりなさった」

と応じた四郎兵衛に澄乃が、

「俵屋の主夫婦の住まいに荒海屋の配下の女衆と男どもがひそかに寝泊まりしていたそうですが、本日の夕暮れ前に慌ただしく出ていったそうです」

と告げた。

「というと俵屋に残されたのは遊女と奉公人だけですか」

「はい」

四郎兵衛はしばらく思案していたが、

（やはり本日、桑平様と居木橋村を訪ねたことは知られていたか）

と案じた。

だが、俵屋が居木橋村に潜《ひそ》んでいることは柴田相庵の同業の朋輩が文で知らせてきたゆえに分かったのだ。四郎兵衛らの動きで荒海屋一味が察知したということはあるまいと思い直した。となると、俵屋の夜逃げ先での行動を荒海屋金左衛門一味か、あるいは荒海屋と通じている別の人物が見張っていて承知したことになる。

本日、吉原会所の頭取の四郎兵衛と南町奉行所定廻り同心の桑平市松が居木橋村の萬右衛門一家を訪ねたことを知った者たちが荒海屋金左衛門に知らせ、廓内から手のうちの者を引き上げさせたということであろうか。

四郎兵衛はあれこれと思案したあと、

「明日の水茶屋逢瀬でのおとみとの面会の場に私も出ます」

「畏《かしこ》まりました」

と澄乃が即答した。

翌日、水茶屋逢瀬の二階座敷に約定の八つ半より四半刻前から四郎兵衛と澄乃がおとみの来るのを待ち受けていた。

おとみは、約定の刻限の前に姿を見せた。

控えの間から座敷に入ったおとみは、

「吉原会所の頭取」

と思い掛けない人物に会ったという驚きの声を漏らし、不意に怒りの眼差しに変えて澄乃を睨《にら》んだ。

「おとみさん、ちとわけがございましてな、かような真似を澄乃に命じました。しばらく私とお付き合い願えませんかな」

四郎兵衛が優しい口調で言い、座敷に招じ入れた。

「どういうことでございますね、頭取」

「いくつかお話を聞かせてほしゅうございます」

「なんですね」

と警戒しながらもおとみは座敷の隅に坐った。

「一つ目は俵屋さんの廃業についてです」

との四郎兵衛の言葉におとみが、

「吉原会所は主一家の廃業と引っ越しをなぜ黙認されましたな」

といきなり嚙《か》みついた。静かな口調ながら怒りの表情でのおとみの詰問《きつもん》にしばし間を置いて、

「吉原会所が、この四郎兵衛が俵屋の廃業と引っ越しを知ったのは、つい最近です。正式

には番頭の角蔵さんに廃業届けを渡された折りのことです」

と四郎兵衛がこちらも沈んだ口調で答えた。

「なんですって。吉原会所はなにも知らなかったと言われますか」

「俵屋さんと私どもは旧吉原からの、代々の付き合いです。私どもは俵屋さんの妓楼商売を信頼してきました。ですが、俵屋さんには私ども会所を信用しては頂けなかったようですな。なんともそれが悔しゅうございます」

との四郎兵衛の言葉におとみは信じられないといった顔つきで言葉を失った。愕然《がくぜん》として、五体《ごたい》から力が抜けたようで、それでも念押しした。

「四郎兵衛様は萬右衛門様方の所業をなにも承知しておられなかったと言われますか」

「最前も申しました。最初にとある筋から聞かされたときには、すでに萬右衛門様一家は角町から姿を消して何日も過ぎたあとでした。一体全体、俵屋になにが起こったのか、未だにその曰くを会所は承知していません」

おとみが両眼を見開いて四郎兵衛を見た。

「おとみさん、妓楼や茶屋が廃業し、身売りする折りは吉原会所に届けを出すのは廓の人間ならばだれもが承知のことですがな。まして俵屋さんは旧吉原からの老舗です」

四郎兵衛の言葉におとみが頷いた。

「なぜ老舗の俵屋さんがかような不義理をなさったか、わけがなければなりますまい」

「七代目、私どもはただの妓楼の奉公人ですよ」

「とは申せ、同じ屋根の下で二十年以上、寝食《しんしょく》を共にしてきた間柄です。小耳に入ることもありましょうに」

「七代目、俵屋の主夫婦は金杉村の御寮《ごりょう》にちょいと用事と言い残して以来、どこへ行かれたか行方知れずです」

「いえ、行方は分かっております。昨日、私は萬右衛門様、お市さん、それに倅の太郎兵衛さんに会いました」

「な、なんと。どちらにおられましたか、まさか金杉村の御寮に隠れておられるなんてことはありますまいな」

「金杉村の御寮も他人様《ひとさま》の手に渡っておりました」

「やはり」

おとみは予測していたようで顔色を失ったが、

「旦那様方はどこにおられます」

と繰り返し問うた。

「おとみさん、萬右衛門さんの身内が今どこにおるか、知らぬほうがそなたの身は安全です」

「なんですって、萬右衛門の旦那にそう言われましたか」

「いえ、そうではありませんがな、最前まで俵屋にいた連中が姿を消したそうですな。おそらく私が萬右衛門様方に会ったことと関わりがございましょうな」

おとみが恐怖の眼差しで曖昧に頷き、

「四郎兵衛様は、萬右衛門の旦那になにが起こったか、お尋ねにならなかったのでございますか」

「むろんそのために会ったのです。ですが、萬右衛門さんは、この問いに答えられませんでした。怯えておられたことは確かです」

「どういうことですか、七代目」

「吉原から私が昨日会った場所に引き移られたとき、一家は萬右衛門さんとお市さんの主夫婦に、跡継ぎの太郎兵衛とおなかの夫婦、そして三人の子の七人だったようです」

「えっ、若旦那の子どもは壱太郎さんからしのさんまで三男二女の五人ですよ、だから身内が一緒なら九人のはず」

「それが子どもは三人だけ」

「どういうことです」

「おとみさん、末娘のしのさんの小指は左右ともに揃っておりましたな」

「可愛いお子さんです、むろん五本の指はちゃんと」

「それが片方の小指の先が欠落しておりました。それを診た医師は、鋭利な刃物で切られたと思われると申されました」

「だれがなんのために幼い子どもの指を切り落としたりするというのでしょうか」

おとみが青い顔を歪《ゆが》め、自問するように呟いた。その顔にはなんとも表現できない恐怖があった。

「それが分かれば、こたびの出来事が分かるし、探索の目途が立つ。だが、肝心なことは萬右衛門様方も話してくれようとはしない。いや、話そうと覚悟を決めた人もいた」

「まさか」

「おとみさん、まさかどなたと申されますな」

「いえ、言葉のはずみです、忘れて下さい」

「番頭の角蔵さんのことを、おまえさんは考えられた。違いますか」

長い沈黙におとみは落ちた。

「角蔵さんが俵屋を出ていかれたのは二日前の夜の四つ前時分でしたな」

「会われた相手は四郎兵衛様、そなた様ではございませんか」

「やはりおとみさん、そなたに言い残されておられましたか。どこで会うと伝えておりましたかな」

いいえ、とおとみが首を横に振り、四郎兵衛に糾した。

「角蔵さんはどこに行かれたんです」

「おとみさん、肚を据えて聞いて下され。角蔵さんはもはやこの世の人ではございません」

しばし四郎兵衛を睨んでいたおとみが、

「嘘です」

と叫んだ。

「私どもは俵屋の菩提寺、代々の墓所の前で会う約定でございました」

と前置きして、約定の刻限より遅れて行った事情と四郎兵衛が見聞したことのすべてを語った。

「そんなことが」

と呟いたおとみは涙をぼろぼろとこぼし始めた。

「おとみさん、俵屋は老舗の妓楼、独特な商いで上客のお馴染さんに支えられていた。他人様の懐具合を口にするのは憚られますが、俵屋の内蔵には何千両かの金子があったと踏んでいます。昨日、会った萬右衛門さんは、銀煙管で安物の刻みを吸っておられた。かような目に遭わせ、角蔵さんを無情にも殺したのは、同じ一味です。私どもは、なんとしてもこやつらを捕まえ、お上《かみ》のお裁《さば》きを受けさせたい」

と言い切った。

だが、おとみは口を開かなかった。

長い沈黙のあと、おとみが、

「吉原会所におられた神守幹次郎様はどこにおられます」

「神守様にならば話すと申されるか」

「いえ、どうしておられるかな、とふと思ったんですよ」

「おとみさん、神守様は故《ゆえ》あって吉原会所を抜けられました」

「放逐したのは吉原会所と聞いていますが」

「あれこれと流言飛語《りゅうげんひご》が飛びかっておるのは承知です。ですが、こたびの一件、神守様の力なしに私どもだけで戦うしかございませんのさ。おとみさん、角蔵さんが私に告げようとしたことを承知なれば、話してくれませんか。四郎兵衛の老いた命ですが、この身をかけて最後のご奉公がしたい。俵屋さんの無念を晴らしたい、角蔵さんの仇《かたき》を討ちたいのですよ」

と四郎兵衛は懇々《こんこん》とおとみを説得した。

おとみはさらに間を置いた。

「信頼できませんか、この四郎兵衛の言葉が」

「いえ、そういうわけではございません。俵屋にいた遊女衆、それに私ども奉公人はどうなるのですか、それが知りとうございます」

こんどはしばし四郎兵衛が考え込んだ。

「遊女衆、奉公人衆がお望みならば廓内の妓楼や引手茶屋にこの四郎兵衛が口利き致します。これでどうですな、おとみさん」

四郎兵衛の提案におとみが長いこと考えた末にこくりと頷いた。

二

神守幹次郎は、祇園社の神輿蔵にて未明に起きてから、床に入る夜までの一日の行動がこの数日でほぼ定まった。

この日、未明七つ（午前四時）に起きた幹次郎は、神輿蔵で独り抜き打ちの動きを半刻ほど行い、清水寺に上がった。そして、舞台の上から洛中を見下ろしながら羽毛田亮禅老師の朝の読経に付き合った。そのあと、音羽の滝に下りた幹次郎は産寧坂のお婆と孫娘の水汲みを手伝い、茶店に向かった。

「神守はん、なんぞ修業の場が見つかりましたんか」

孫娘のおやすが幹次郎に質した。

「おやすさん、そうそう容易く見つかりませぬ。なにより未だ界隈を知らず、祇園の諸々を知ることがただ今の修業でござる。祇園はさほど広いわけではない。じゃが、奥が深くて通り一遍《いっぺん》ではなにも分からぬ。今のところ、それがしの務めは祇園を知ることに費《つい》やされておる」

と幹次郎は日常を念入りに語った。

「剣術の独り稽古に清水の老師はんと読経、それに水汲みの手伝いに祇園界隈のぶらぶら歩きどすか、なんやらあきまへんな」

おやすが正直な感想を述べた。

「おやす、初めての京でな、一月《ひとつき》も経《た》たんと神守はんの暮らしが定まっただけでもえらいこっちゃ。神守はん、気長にな、祇園に慣れなはれ。不意にな、これまで見えなかった小路の奥が見えることもおます」

とお婆が最後には幹次郎に視線を向けて言った。

「本日の昼下がりには一力亭で旦那衆との集いがござる。その集いの端に加えてもらい、旦那衆の話を聞かせてもらう所存」

「一力はんに集まられる旦那衆は祇園の、いえ、お宮の元に住まうか関わりのある京の生き字引ばかりや。神守はんに知恵を貸してくれはるんちゃいますか」

お宮とはむろん祇園社のことだ。

「残念ながらこちらに京の知識がないゆえに、話が分からせて頂けるとは思いませぬ。お一人様の一言でもよい、集いごとに学ぶことができればそれでよかろうと思う」

「そやそや、焦ることはおへん。限られた一年で修業できることはわずかなもんどす。それより麻はんをうちに連れてきなはれ」

とお婆が言った。

「本日の集いが終われば一力の女将さんに願い、許しが得られればこちらに連れてこよう」

と幹次郎は答えながら、早朝ならば一力に迷惑はかけまいと思った。

「江戸の吉原を京の花街風に模様替えしはるお積もりやったな、神守はん」

お婆が幹次郎に尋ねた。

「それでよいのか、未だ目途が立ちません。なにより京の花街を江戸の吉原に引き写したとしても役には立ちますまい。創意工夫が要りましょう」

と幹次郎は言った。

「なにが分からへんのやろう」

お婆がぽつんと呟き、

「うちらも、江戸のことは皆目分かりまへんよって、神守はんの悩みがいま一つ察せられまへん」

とおやすが言い添えた。

「それがしの迷いもそこにあろうかと存じます」

茶店に戻ると、おやすが汲んできた音羽の滝の水で茶を淹れてくれることになった。知り合ってから、この茶店で茶を喫するのが朝の日課の一つになっていた。

清水寺を訪れる参拝客が少ない刻限だ。そんなわけで狭い庭の縁台にお婆と幹次郎の二人だけが向き合っていた。

「うちが奉公していたんは、祇園南の花街どした」

不意にお婆が言い出した。

「四条を挟んで南側は、一力のある界隈ですな」

「そうや、祇園甲部《こうぶ》は舞妓はん、芸妓はんが置屋に住まいしてな、芸事が修業の主《おも》なもんどしたわ。けどな、四条の祇園北側になると、娼妓が中心どしたな」

「娼妓と申されましたが、身を売るのが務めということでしょうか」

「そうどす。神守はんは島原にも行かれたそうやな」

「義妹の麻を伴って訪ねました」

「それや、一見さんが女連れや、島原も正体は見せまへん」

「ということは、島原も芸事だけの花街ではありませんか」

「この世の中には男はんと女はんしかいまへん。男はんが花街の女衆に望みはるのは芸事だけではおへん」

お婆は幹次郎が島原で疑いを持ち、祇園界隈で悩んだことにあっさりと答えてくれた。

「踊りや囃子方や茶道の嗜《たしな》みだけで満足する男はんばかりではおへん。情けを交わして懇《ねんご》ろになりたいと望む男衆が京にも仰山おます」

「お婆様、四条南側の祇園は芸事の花街と言われましたな。娼妓はおりませぬか」

「四条北とは違う心意気で花街を育てようと一力亭の旦那はん方は、考えておられます。神守はん、世間は光と闇で成り立っておるんとちゃいますか。光だけで世は成り立ちまへん。かといって闇ばかりではあきまへん。闇が光を引き立て、光が闇を照らすよって、この世は面白いんとちゃいますやろか」

幹次郎はお婆の言葉を噛みしめるように聞いた。

江戸の官許の遊里吉原は、太夫とか花魁という遊女の頂点を目指しての上下関係、階級制が厳然とあった。だが、何千人もの遊女から太夫とか呼ばれる一握りの頂に上り詰めたとしても籠《かご》の鳥は籠の鳥、廓の外に出ることすらままならなかった。そして、身を売った、売らねば生きていけなかった。これが官許の遊里吉原の遊びだった。

一方、この京には舞妓や芸妓と呼ばれる芸事を売る「生業」が成り立っているのだ。むろん吉原にも謡《うたい》や三味線などをなす芸者衆はいた。だが、吉原の芸者は飽くまで遊女衆の引き立て役だ。舞妓・芸妓のように芸と身形《みなり》と話で客を接待するのではなかった。

「江戸の吉原とはちゃいますか」

とお婆が幹次郎に尋ねた。

「京と江戸の都のなりたちの違いでしょうか。江戸は武家ばかりの町です、それも武家方は、国許《くにもと》に妻子を残して江戸勤番を務めねばなりません。ゆえに武骨、野暮と申しましょうか、望むことは直截《ちょくせつ》です」

「女はんに求めるものは一つどすか」

「お婆様、男と女の間柄は百人百様と言いとうございますが、まあ、お婆様の申されることは真実でしょうな。それがしは、女房ともども吉原会所という官許の遊里を差配するところに身を寄せて生き延びてきました。男の想いも女の望みも百人それぞれ違うことも承知です。そのあたりのことをこの京は、上手に使いこなして『商い』にしておられる」

「神守はんは正直なお方やな」

「お婆様、人間正直だけでは生きていけません。それがし、吉原会所の用心棒を何年も務めて参りました。一応裏も表も、光も闇も見てきたつもりでしたが、この京は、そう容易くは正体を見せてくれませぬ」

というところにおやすが茶菓を運んできてくれた。

「お婆、話が弾《はず》んでおりますな」

「神守はんにな、肝心なことを尋ねようとしたところや。孫が来ては聞けまへんな」

とおやすの問いにお婆が応じた。

「うちがいては聞けん話どすか」

幹次郎はいつものように美味しい茶と甘味を賞味した。

「神守はんは江戸のお方とはちゃうやろ、当然おかみはんもちゃうはずや。出は西国やろな、そう見ましたけど」

とお婆が自問するように呟いた。茶を喫し終えた幹次郎が、

「お婆様のご指摘どおり、それがしと女房の汀女は西国のさる大名家の下士の長屋で姉と

弟のようにして育ちました。この先の話は、近々麻を連れてきた折りに尋ねて下され」

「ふっふふ、おやすが来たよってに、神守はんに上手に逃げられてしもうたがな」

とお婆が笑い、

「神守はん、本日はこれからどちらに行かれますんや」

と尋ねた。

「最前、お婆様に聞いた四条北の祇園をぶらついてみます」

幹次郎は巾着《きんちゃく》から茶代を出し盆に載せた。

「おおきに」

とおやすが礼を述べ、

「この刻限、目当ての場所はそう容易くは見つからんと思います。けどな、神守はんの好きそうなもんが祇園界隈にもおますえ」

「ほう、それがしの好物がございますか」

「お婆は剣術のことは分かりまへんけどな。あの花街の中の白川《しらかわ》沿いにな、昔から剣道場がおますんや」

「なんと祇園界隈に剣道場がありますか」

「ほれ、神守はんの顔色が変わったやおへんか、おやす」

「ほんまに女はんより剣術が好きなんや」

とおやすが感心し、

「神守はん、訪ねはるなら、産寧坂の茶店の婆が口利いたと言いなはれ」

とお婆が言い添えた。


一刻（二時間）後、神守幹次郎は、禁裏門外一刀流観音寺《きんりもんがいいっとうりゅうかんのんじ》道場と地味な表札がかけられた門前に立っていた。表札は古びて歴史のある剣道場の趣で、まるで町中にある寺の山門の前に立っているようだった。

産寧坂を早足で下った幹次郎は、祇園北部界隈を歩き回ったが、昼前とあってか、娼妓のいる遊里を見つけることはできなかった。お婆は、

「そう容易くは見つからん」

と言ったが、この小路がそうかとか、この家がそうではないかと思うところはあっても、決めつけることはできなかった。

夜、もう一度この界隈を歩いてみようと思い、ふと視線を上げると道場の表札が見えたのだ。

「ご免下され」

と門を潜った幹次郎は寺の建物さながらの剣道場の式台前《しきだい》に立ち、破風造《はふづく》りの外観を眺め上げた。どうやら観音寺道場も天明の大火の焔を受けなかったと見え、少なくとも建てられて百年以上は歳月が過ぎているように思えた。

「ご免」

と式台前で津田近江守助直を腰から抜いて右手に持ち、森閑《しんかん》とした道場に声をかけた。するとと若い門弟《もんてい》が姿を見せて、

「何用かな」

「道場の見物はできましょうか」

「あやつらの仲間か」

といきなり問い質された。

「と、申されますと」

幹次郎は異様な雰囲気の道場を見やった。だが、玄関から道場の床までそれなりに高く道場内部は覗けなかった。

「道場破りの仲間かと申しておる」

「滅相《めっそう》もござらぬ。それがし、道場の稽古を見物したく参った者です。お疑いなれば、清水寺産寧坂の茶店のお婆様の口利きにてこちらに伺ったと師匠にお伝え下さい」

「ただ今、いささか多忙でな」

「道場破りでございますか」

「いかにもさよう。師範《しはん》と道場破りの一人が立ち合っておるところだ」

「見物しとうござる」

「厄介を申すな」

と若い門弟が言うところにもう一人門弟が姿を見せ、

「本多《ほんだ》、構わぬ。そのお方、それがしの知り合いじゃ」

と言った。

幹次郎がびっくりしてその顔を見ると、京都町奉行所目付同心の入江忠助だった。

「おお、入江どのか。その節は世話になり申した」

「そんなことよりちと願いがある」

「どうなされた」

「本日、観音寺先生が他用で留守の間に三人の道場破りが姿を見せおってな、その一番手が二人の門弟を倒して、三人目の師範の伊奈埼《いなさき》どのと立ち合いの最中だが、ちと分《ぶ》が悪い。そなた、観音寺道場の門弟になってくれぬか、そなたならば、あの三人など目ではあるまい」

「なんと、それがし、いきなり当道場の門弟にございますか」

「過日のこともあろう。それがしに手を貸してもよかろうではないか」

入江忠助が言っているのは、過日、幹次郎と麻が鴨川の河原で旧藩の目付清水谷正依に雇われた剣術家に襲われた折り、通りがかりの入江同心と御用聞きのおかげで面倒にならずに済んだ経緯のことだった。

「まあ、致し方ございませんな。それがしの手に負えましょうか」

「案ずるな、そなたの技量ならばなにごとかあらん」

と容易く請け合った入江と本多と呼ばれた若い門弟に導かれて道場に通った。

幹次郎は高い天井に加え、数か所に大きな丸柱がある普請は、元々寺だったところを道場に改装したものかと得心した。

視線を道場の中央に移して伊奈埼師範と立ち合うひげ面《づら》の剣術家を見た。がっしりとした体格に背丈は六尺（約百八十センチ）を超えていよう。二人の立ち合いは膠着《こうちゃく》状態のようで、両者ともに攻め手に欠いているように思えた。

「ご両者」

といきなり入江が立ち合いの二人に声をかけた。

二人の対決者はちらりと入江を見たが、互いに木刀《ぼくとう》は構えたままだ。

「両者引き分けと致そうか」

との入江の声に道場破りが、

「ならば、われらの勝ちじゃな。道場の看板を貰《もら》っていこう」

「看板な、表札に毛の生えたようなものじゃぞ。あのようなものはそなたらが持っていっても直ぐに新たなものが作れるぞ」

と道場主観音寺継麿《つぐまろ》に代わって入江がいい加減な応対をなした。

「道場破りどの、ちょうどな、門弟の一人が遅れて稽古に参った。そなたの仲間の残りの二人とこの者を立ち合わせてくれぬか。もしそなたらがこの者から勝ちを得るようならば致し方ない。金子二十五両の包金《つつみきん》を進呈しようではないか」

「ほう、二十五両な、間違いないな」

「ござらぬ」

と入江忠助が応じて、

「本多、神守さんに木刀を渡さぬか」

と命じた。

本多が慌てて壁にかかった木刀から二本を選び、

「どちらがよろしゅうございますか」

と尋ねた。

幹次郎は、助直を本多に渡して二本の樫《かし》の木刀から定寸《じようすん》より長く細身のほうを選んで素振《すぶ》りした。それを見た道場破りの一人目が、

「わが仲間と立ち合う前にわしと立ち合え」

と言い出した。

「そなた、姓名の儀は」

「伊牟田玄蕃芳充《いむたげんばよしみつ》」

「伊牟田どの、そなた、同輩をすでに二人破り、三人目の師範と立ち合いをなしておろう。疲れてはおらぬか」

「抜かせ」

と伊牟田は喚いた。

「承知致した。じゃが、こちらからも注文がござる」

「なんだな」

「そなたの仲間二人もいっしょに立ち合ってくれぬか。それがし、この後、いささか多忙でな。一度に事を済ませたい」

幹次郎の言葉にしばし沈黙があって伊牟田が喚いた。

「われらを舐《な》めおるか」

「理由は申し述べたな、時がないのだ。三度の勝負より一度で決着をつけたいのだ」

仲間の二人が太い木刀を手に道場に出てくると、

「伊牟田どの、叩き殺してしまえ」

と喚いた。三人が木刀を構えるのを見て、幹次郎は元は寺だと思しき道場の隅へとするすると後ずさりして、間合《まあい》を空けた。

「そなたら相手に禁裏門外一刀流を披露するは勿体なし。それがし、西国薩摩《さつま》に伝わる武術でお相手仕る」

と宣言した幹次郎が木刀を右肩に突き上げ、走り出した。

仲間の二人の道場破りがそれぞれ上段と八双《はっそう》に構え、伊牟田だけが正眼《せいがん》に木刀を置いた。

一気に間合が詰まった。

きええっ
と猿叫《えんきょう》にも似た甲高《かんだか》い叫び声が観音寺道場に響きわたり、幹次郎の体が虚空《こくう》に浮いた。

そして、三人が構える中に飛び込むように木刀を揮いながら着地した。

ふわり
と床に下りた幹次郎の周りに、

ばたりばたりと伊牟田某ら道場破りが倒れていた。なにがどうなったか、入江忠助にも見分けられなかった。

観音寺道場には粛《しゆく》として声一つなかった。

「手加減しましたゆえ、死にはすまい」

幹次郎が呟くように漏らした。

三

この日の昼過ぎに幹次郎が一力茶屋に顔を出すと、すでに旦那衆は顔を揃えて祇園祭の仕度の進行具合を話し合っていた。幹次郎はそっと二階の座敷に入り、端に坐して一同に会釈《えしやく》をすると話に聞き入った。

祇園感神院の祭礼は元々祇園御霊会《ごりようえ》と呼ばれ、すでに千年近い歴史を持つとか。

貞観《じようがん》十一年（八六九）に京の都を始め、諸国六十六国に疫病《えきびよう》が蔓延《まんえん》したとき、平安《へいあん》京《きよう》における内裏の広大な庭である神泉苑《しんせんえん》に当時の国の数六十六にちなんで、六十六本の鉾《ほこ》を立て祇園の神を祀《まつ》り、神輿を各地に送って災禍の鎮圧を願ったことが始まりであった。

祭礼は、五月二十日の「吉符入《きっぷいり》」の行事に始まり、六月晦日《みそか》の「夏越祓《なごしのはらえ》」をもって幕を閉じるまで一月余にわたる神事、行事が催《もよお》されるそうな。

かようなことを幹次郎は、若い禰宜たちとの食事の間に聞かされていた。それにしても祭礼がすでに千年近くも前に始まり、一月余も神事・行事が続く祭礼の規模には驚かされた。

祭事は祇園感神院が司るが、祭礼の行事部分は町衆が関わって進めていく。ゆえに一力茶屋の旦那衆の集いが定期的に催され、祭礼の仕度をなすと同時にそれに関わる差し障りなどを話し合っているのだ。

幹次郎は座敷の隅に坐して祇園祭の仕度を確認する話し合いを聞いていた。

祇園界隈は、六月の祭礼一月のために一年が存在すると言っても過言ではない、と幹次郎は思った。そして、熱心な話し合いの大半は、理解のつかないことばかりだった。だが、こうやって祇園祭の仕度から知ることによって、

「祇園」

を少しずつだが、理解することになると幹次郎は己に言い聞かせていた。

この日、一刻余にわたり祇園祭の仕度の進行具合が確認されたあと、休憩に入り、新たに茶が供されることになった。その折り、女将の水木といっしょに麻が茶菓を運んできた。

「麻様は、はや一力はんの勤めの段取りに慣れはりましたな」

と河端屋芳兵衛《かわばたやよしべえ》が茶碗《ちゃわん》を手に麻に問うた。

「いえ、河端屋の旦《だん》那はん、未だ慣れしまへん」

「京言葉も上手にならはりましたがな」

三井越後屋の大番頭与左衛門《よざえもん》が笑みの顔で言った。そして、集いを座敷の隅で聞いていた幹次郎に、

「神守様も清水寺の老師はんと朝の勤行を続けてはるそうやな」

と質した。

「老師に京を見舞った大火事について教えられまして、老師が日に三遍大火事で身罷られた人の供養と洛中の復興を願って読経されておられる傍らで合掌しておるだけです」

「天明の大火事やな、感心なこっちゃ」

と揚屋を営む一松楼数冶《いちまつろうかずや》が言った。

この一力茶屋の近くで料理茶屋と仕出し屋を代々続けてきた中兎《なかう》の瑛太郎《えいたろう》は無言だった。

幹次郎は最前より旦那衆の話を聞きながら、奥歯にものが挟まったような違和を感じていた。旦那衆の間になにか秘め事があった。だが、それがなにか、あるいは幹次郎の思い違いなのか、決めきれなかった。

「ご一統《いっとう》、内緒の相談ごとがおます。少しばかり時を貸してもらえまへんか」

と言い出したのは一力の次郎右衛門だ。

その言葉を聞いた一同が頷き、水木と麻が座敷から立ち去った。幹次郎も座を外したほうがよかろうと、傍らに置いた助直を手にした。

「神守様、あんたはんはこの場に残ってくれしまへんか」

次郎右衛門が幹次郎を引き留めた。

幹次郎は上げかけた腰を下ろした。すると、

「神守様、うちらの近くに寄っとくれやす」

と五人の旦那衆の円座《えんざ》の一角を指した。

幹次郎は命じられた席近くに座を移した。それを待って次郎右衛門が、

「うちらには一昨年来の懸案《けんあん》がおますな」

と言い出した。残りの四人が、

「うむ」

という顔をしたが、

「あの一件にな、神守様の力をお借りしたらどないやろて思うたんや、どないどっしゃろ」

「一力はん、うちらが一昨年来どうにもならんことを数日前に会ったばかりの江戸のお方に願うと言わはるんか」

中兎の瑛太郎が疑問を呈した。

「瑛太郎はん、うちはな、この時節に吉原会所に所縁《ゆかり》のあるお二人が京に見えたんは、さだめやと思てますんや」

「けど、京の右も左も分からんお方やないか」

と一松楼の数治が案じ顔で言った。

「まあ、うちの話を聞いとくれやす」

と前置きした次郎右衛門は幹次郎が舞妓と芸妓を酔った武士三人の悪戯《いたずら》から助けた一件など、この数日の間に起きた騒ぎを語った。なにか言いかけた四人を制した次郎右衛門は、

「うち、清水寺の羽毛田老師にお会いしましたんや。それでな、なぜ老師が神守様に関心を寄せられたか、お尋ねしたんどす」

「なんと申されましたな」

三井越後屋の大番頭与左衛門が合いの手を入れるように質した。

「神守様の旧藩の家来はんがな、三人の用心棒を雇われて神守様を斬ろうとした場に老師は行き合《お》うたそうや。その一部始終を見はってな、神守様の落ち着いた対応に今どき、か

ようなお侍はんがいはるんかと感心しはったそうどす」

と前置きした次郎右衛門はその模様を克明に語った。他の旦那衆は次郎右衛門の話がどこへいくのか気にかけていた。

「そのあとな、うちは一之船入の旅籠たかせがわまで足を延ばしましてな、主の猩左衛《しょうざえ》門《もん》はんと、江戸の三井越後屋のご隠居楽翁《らくおう》はんにお会いしましたんや」

「なんと早手廻しやな」

河端屋芳兵衛が感嘆《かんたん》した。その口調には次郎右衛門の話に関心を寄せているのがありありと感じられた。

幹次郎も一力の次郎右衛門の話に驚いたが、平静な顔で無言を貫《つらぬ》いた。

次郎右衛門は猩左衛門の話に加えて、楽翁から聞いた吉原会所の神守幹次郎の来歴を淡々と語った。

次郎右衛門の長い話が終わったとき、場に沈黙があった。旦那衆の四人はそれぞれの立場で考えを巡らしていた。

最初に口を開いたのは一松楼の数治だ。

「吉原会所の裏同心なるお方は、なかなかの剣術の遣い手にしてやり手とは聞いておりましたがな、まさかこのお方がただ今の七代目四郎兵衛はんの跡継ぎやなんて知りまへんでしたがな」

「一松楼はん、江戸の三井越後屋のご隠居はんが強調されたんは剣の腕前やおへん。信頼にたる人柄やと幾たびも繰り返されましたがな」

沈黙のままに旦那衆の視線が幹次郎に集まった。

「旦那衆に申し上げます。それがしは吉原会所の跡継ぎと決まったわけではございませぬ。神守幹次郎、ただ今京にあるのは一介の修業者としてと思うてお付き合い下され」

「なんのための修業どす、神守様」

と中兎の瑛太郎が質した。

「吉原の今後のことを思うてのことでござる」

「吉原会所の一介の奉公人が考えることやおへんな。あんたはんはすでに吉原会所の八代目頭取として、吉原を考えて京に来たんとちゃいますん」

と今度は数冶も言い添えた。

「当代の七代目に京行きを願った折り、さような考えがなかったと申せば嘘になりましょう。されど吉原会所とて五丁町の名主の総意がなければ、吉原と関わりなき余所者が八代目に就くことは叶《かな》いませぬ」

「神守様、京滞在が無益に終わることも覚悟してはりますんか」

と与左衛門が聞いた。

「一年後、それがしが江戸に戻って吉原会所に帰ることは五分五分と申し上げたいが、三分か四分ほどでございましょうか。先々のことを案じてもしようがありません。それはそれでよし、と肚を括《くく》って京に参った次第です」

「なんで神守様は吉原会所に一身を捧げはるんやろか」

河端屋芳兵衛が首を傾《かし》げながら尋ねた。

「それがし、吉原会所に、七代目頭取の四郎兵衛様に恩義がござる。ゆえに命をかけても四郎兵衛様の命《めい》を全《まっと》うしてきただけです」

「恩義とはどないなこっちゃ」

と数治が質した。

幹次郎はしばし思案した。すると、

「うちは承知や」

と次郎右衛門が言い出した。

「神守様は、西国の大名家の家来やったそうや。どこも大名家は苦労してはりますな。それは京にいても想像がつきます。幼馴染の女子はんが借財のカタに上役の女房にならざるを得なかったんや。人妻にならはった女子はんの手を引いて藩を抜けはったんやて。武家方の仕来りでは、女房を寝取られた主は、神守様と女子はんを討ち果たさんとお家は断絶どす」

「妻仇討《めがたきうち》やがな」

と瑛太郎が応じ、

「そうや、追っ手に追われる妻仇討の厳しい道中を神守様と女子衆は十年も続けはって、吉原会所の庇護の下に入りはってな、その藩との手打ちがようやくなったそうや」

「神守様、真《まこと》に女子はんと十年も妻仇討の手を逃れて諸国を旅しはったんどすか」

とさらに幹次郎に問うた。

幹次郎は静かに頷いた。

「十年も刺客に追われる道中がどんなものか、うちらには想像もできひん。神守様の家は上士《じょうし》ではなかった。同じ身分の女子はんが借財のカタに身売り同然に上役の女房にならされたほどの下士の身分やったそうな。路銀《ろぎん》とて満足にない妻仇討の十年がただ今この場にいはる神守幹次郎様の人柄を造り上げたんとちゃいますやろか。清水寺の老師や祇園社の彦田行良執行はんの心を動かしたんとちゃいますやろか」

と次郎右衛門が話を語り終え、

「神守様、許しもあらんと勝手なことを喋りました。たかせがわの主はんと江戸の三井越後屋のご隠居はんから聞いた話やさかい、ちゃうとこがあったら堪忍しとくれやす。うちはな、吉原会所の七代目頭取四郎兵衛はんがこの神守様に会所の行方を託《たく》されたんをお二方の話を聞いて信じましたんや。神守幹次郎様のこともな」

しばし間があったあと、

「吉原会所もうちら祇園の花街もある点ではよう似た環境に置かれてまへんか」

「与左衛門はん、先行きが見えんところはいっしょや。江戸の吉原は余所者の神守様にこれからの吉原を託されてこの京に送ってこられた」

「そういうこっちゃ、次郎右衛門はん」

と河端屋芳兵衛が応じ、

「一力はん、あんたはんは神守様と麻様にこの祇園の内側を見せる代わりにうちらの前に横たわる例の一件の解決を願おうと考えてはるんか」

とさらに問答を一歩踏み込んで次郎右衛門に問うた。

「今年の祇園祭までもはや日にちの余裕はおへん」

次郎右衛門が言い一同が頷いて、幹次郎を見た。

「ご一統様はこの神守幹次郎を買い被《かぶ》っておられます。なによりそれがしはこの祇園のことを何一つ存じませぬ。ご一統様の前にどのような差し障りが横たわっているか知りませぬが、京のことも知らぬそれがし一人にできることはなかろうと存じます」

「神守様、うちらがあんたはんに事を分けて話し、あんたはんがうちらの手助けをしようと申されるならば、うちらも神守様の修業の手伝いは力を惜しまんとやらしてもらいまひょ」

と次郎右衛門が言い切り、

「神守様、あんたはんの決心次第でうちらも全力を挙げて一緒に戦いますがな。うちら、千年の祇園御霊会を脅しで失いとうおへん」

と与左衛門が言い添えた。

祇園御霊会とは祇園の祭礼のことだ。

幹次郎は思案した。長い沈思であった。

「ご一統様、お話を聞かせてもらうことができましょうか」

「話を聞きはったら、手を引くことはできまへんえ」

一松楼数冶が幹次郎の顔を見ながら言い放った。

「相分かりました。ご一統様が命をかけてと申されるならば、それがし、神守幹次郎も一命をかけて動きます」

と幹次郎は言わざるを得なかった。この一事を成し遂げるかどうかに、幹次郎と麻が京に来た命題が成し遂げられるかどうかがかかっていると思ったからだ。

話し合いは一刻ほど続いて、旦那衆も幹次郎もそれ以上思案ができぬほど疲れた。

「神守様、次の機会までなんぞ思案があればうちらに言うてくれしまへんか。うちらは、神守様の考えと真剣に向き合いますよってにな」

と次郎右衛門が幹次郎に言い、幹次郎が頷くと、

「それがしのほうから一つだけお話ししておくことがございます」

と前置きして祇園社の神輿蔵の部屋に置かれた警告文のことを告げた。

どことなく和《なご》んでいた旦那衆の顔つきが険《けわ》しく変わった。

「京に長居するを許さじ、どすか。神守様、その警告の文、どないしはりました」

与左衛門の問いに幹次郎は懐の財布に入れていた文を与左衛門に渡した。それを見た与左衛門が次郎右衛門に渡し、

「どうやら、相手も神守様のことを気にかけてはる」

と呟いた。

「ならばうちらは最初から同じ立場にあったんとちゃいますやろか」

「瑛太郎はん、そういうこっちゃ」

「うちらの絆は固まったということや。次の集いから神守幹次郎様は、うちらの仲間の一

員や、それでよろしいな」

と次郎右衛門が言い、一同が頷いた。

「本日は長い集いどしたな、けど、その甲斐《かい》があったんとちゃいますか」

「そや、半歩前進や。江戸の吉原と京の祇園が手を結んだんやからな」

と言いながら集いは解散した。

次郎右衛門と幹次郎の二人だけが残った。


「祇園社の祭礼を手助けする名目で百年以上も前から代々旦那七人衆が集ってこられた。ただ今は五人衆になられたのです、お二人を補《おぎな》うことはお考えになられなかったのですか」

と幹次郎が最前聞かされた話を念押しするように尋ねた。

「思案しました。けどな、どなたもなり手がおへん。また軽々しゅう言えしまへん」

と答えた次郎右衛門が、

「四条屋儀助《しじようやぎすけ》はんの喪《も》も明けんうち、一年後にまたうちら旦那七人衆の一人、この界隈の地主猪俣屋候左衛門《いのまたやそうざえもん》はんが殺されたんや。二人して祇園祭の始まりの吉符入の前夜五月十九日でしたがな、今年もまた三人目が出えへんとだれが言えますかいな」

「最前聞きそびれましたが、四条屋と猪俣屋の旦那お二人の殺しのお調べはどうなりましたので」

「最初のな、四条屋儀助はんの亡骸が白川の流れで見つかったんは、吉符入の朝のことや。京都町奉行所に届けが出されましたがな、祭りと重なってな、きちんとでけへんどした。ために懐の金子目当ての辻斬りとちゃうやろかということになりましてな、調べが進みまへん。去年の猪俣屋の旦那が同じような一突きで刺殺された傷を見てな、この凶刃《きょうじん》はうちらに向けられたものやと、初めて気づかされたんどす。今年の吉符入の前夜、うちが殺されても不思議はおへん」

と次郎右衛門が言った。

「町奉行所のお調べは進んでおりませぬか」

「さあてな、町奉行所では祇園内部の仕業やないかということで、うちらにはよう話をしてもらえまへん」

「次郎右衛門様、それがしが京都町奉行所のお役人と会って話を聞いて宜しゅうございましょうか」

「どなたか知り合いがいはりますか」

「目付同心の入江忠助どのとはいささか縁がございます。本日もこちらに来る前に白川側《そば》の禁裏門外一刀流道場でお会いしました」

「おお、神守様と麻様が鴨川で襲われた夜、駆けつけてきはったのが入江様どしたな」

「はい。それがし、この界隈に剣道場があるとは知らず、さるお方に聞いて訪ねたのです。まさか入江どのが道場の門弟とは存じませんでした。ともあれ探索がどこまで進んでおるか、差し障りのないところだけでも話してくれるかどうか試してみとうございます」

しばし次郎右衛門が間を置いて考えたあと、言い出した。

「この一件、最前、うちらと神守様の間で合意がなりましたな。神守様のやり方でお調べしておくれやす」

「ならばそうさせてもらいます」

「神守様、うちであれ、だれであれ、なんとしても三人目の犠牲は防ぎとうおす」

「次郎右衛門様方には、かような真似をなす輩に心当たりがあるのではございませんか」

幹次郎の問いにしばし間を置いた一力の主の次郎右衛門が、

「神守様が入江同心と話し合《お》うたあと、話させてもらえやしまへんか」

とこの場で話すことを拒《こば》んだ。

四

その翌朝、神守幹次郎はいつものように清水寺の老師の読経に従い、音羽の滝で産寧坂のお婆とおやすの水汲みをなしたあと、茶店まで一緒した。だが、この朝は、日課の茶を喫することなく祇園へと下った。そして、白川沿いにある禁裏門外一刀流の道場を訪ねた。

京都町奉行所の入江忠助に会うためだ。

多忙な身の入江が毎朝稽古に通っているとは思えなかったが、入江と会うのは道場しか思いつかなかった。むろん京都町奉行所を訪ねれば、会えないことはあるまいが、ただ今のところ幹次郎と入江の付き合いは個人的なものに留めておきたかった。なにより道場のほうが早く入江に会える可能性があった。そこで朝稽古の観音寺道場を訪ねることにしたのだ。

「おお、参られたか」

昨日道場破りと対戦した師範の伊奈埼が幹次郎を笑顔で迎え、

「昨日は世話になった。本日は道場主の観音寺先生も稽古の指導に出ておられるで、紹介しよう」

と幹次郎を道場主観音寺継麿のもとへと連れていった。

初老の観音寺は穏やかな顔立ちで剣術家というより公卿《くぎょう》の風貌を幹次郎は想起した。

すでに幹次郎のことを門弟たちから聞き知っているのか、

「神守どの、昨日は大いに世話になったそうな、礼を申します」

と丁寧な言葉を幹次郎にかけてくれた。

「いえ、観音寺先生のお留守にお邪魔し、その上お許しもなく余計な節介を致しました。お詫び申し上げるのはそれがしのほうです。神守幹次郎と申します。改めて観音寺先生にお願い致します。京にいる間、道場の稽古にご門弟衆とごいっしょさせて頂けませぬか」

と幹次郎も丁重に願った。

「師範らから昨日の様子は聞かされました。もはや神守どのは、わが道場の門弟の務め以上の行いを果たされたのです。すでに門弟の一員にござろう。うちの道場では物足りないかもしれませんがな、客分格《きやくぶんかく》としてぜひ毎日稽古に通ってきて下されし」

と快く客分として道場で稽古することを許してくれた。

入江忠助の姿はなかった。

幹次郎は、道場に用意されていた稽古着を借り受けて、道場の隅で素振りを始めた。その様子を門弟衆がちらりちらりと見ていた。

体の筋肉が解《ほぐ》れたと見たか、師範の伊奈埼六兵太《ろくへいた》が、

「神守どの、ご指導を願えぬか」

と申し出た。

「師範にご指導などできましょうか。宜しく稽古の相手を務めさせて下さい、お願い申す」

「神守どの、稽古の前に聞いておきたい。昨日のそなたの剣術は西国薩摩の御家流儀と思えたが、そなたは薩摩剣法を学ばれたか」

と尋ねた。

「師範、昨日は無頼の道場破り相手ゆえ、あのような真似を致した。それがし、薩摩とは関わりがござらぬ。同じ西国ながらさる小藩の下士の家柄でござってな、上士の稽古する藩道場では稽古は許されていなかった。ゆえに城下を流れる川の河原がそれがしの独りだけの稽古場でござった。ある時、いつものように独り稽古をしておりますと、初老の剣術家がそれがしの稽古を見て呆れたか、薩摩剣法の基を教えてくれました。その流浪《るろう》の名も知らぬ剣術家から教えられた薩摩剣法がそれがしの初めて接した流儀にござった」

「ほう、流浪の剣客に薩摩剣法をな」

「以後、独り稽古で独創の剣技を身につけたころ、故あって藩を離れることになりました。

以後十年、諸国を放浪致し、その土地土地で学んだ剣術を加えて、それがし独創の剣技となりました。ゆえにそれがしの剣術は何流と名乗るほどのものではございません」

と幹次郎は手短に説明した。

「十年の放浪の旅で学んだ剣術な、まるで武者修行ではござらぬか」

「武者修行というほど大層な旅ではござらぬ」

妻仇討として追っ手に追われて汀女とともに必死で生き抜いてきた流れ旅であった。だが、さようなことはわずか二度会っただけの伊奈埼六兵太に話すことではなかった。それでも、伊奈埼は幹次郎に関心を示したように、

「尋ねてよいかな」

と許しを乞うた。

「どのような問いにございましょうか」

「それがし、神守どのは修羅場を潜った経験が数多あるように存ずるが、この件いかに」

「江戸にてのそれがしの勤めはいささか変わっておりますゆえ、さようなことを避けては通れませぬ」

「勤めがいささか変わっておりますか」

「師範、この話をしようと思うと長くなり申す。稽古を致しませぬか」

「おお、そうじゃ、それが眼目《がんもく》であったな。京にはどれほど逗留なされるな」

「およそ一年かと存じます」

「相分かった。ならば一年かけて神守幹次郎どのの武者修行といささか変わった奉公のこと、お聞き致そう」

と伊奈埼が竹刀《しない》を手に幹次郎との間合をとった。

昨日、幹次郎が道場破り三人を一瞬にして叩きのめした剣術を見て、伊奈埼は幹次郎よりも己の技量が下位と悟っていた。ゆえに幹次郎に指導を求めるように、

「参ります」

と発すると正眼の構えから間合を詰め直して、面打ちの連打を開始した。なかなか稽古を積んだ面打ちだが、気負いがあるゆえ、上体と足の動きがいささかかみ合っていなかった。

幹次郎は伊奈埼の連打を受け流し、時に反撃を織り込んで緩急をつけた打ち合いを続けた。

四半刻も打ち合いを続けたころ、伊奈埼の腰が浮き、足の動きが乱れてきた。そして、入江忠助が道場に入ってきたのを眼の端に留めた。

幹次郎は必死の力を振り絞って打ち込んでくる面打ちを受け流すと、さあっ、と竹刀を

引いて、

「お相手有難うございました」

と礼を述べた。

「か、神守どの、お、お話にもなにもなりませぬな」

と伊奈埼はほっと安堵の表情を見せた。

入江忠助が道場主の観音寺と見所《けんじょ》の前で何事か話していたが、二人の打ち合いが終わったのを見て、二人を手招きした。

「どうでした、師範」

「どうもこうもございません。神守どのは巨岩の如く泰然自若《たいぜんじじゃく》、それに比べてそれがしは、巨岩の周りを飛び回る蠅《はえ》でござる。入江忠助、そなた、どえらい人物の知り合いだな」

「師範、それがし、このお方の真剣勝負の場に行き合わせたのが最初の出会いでした。そのお方がまさかわが道場に参られるとは驚きです。ともかく師範の歯が立たぬお相手です。それがし、稽古など決して求めません」

と苦笑いした。

「わが門弟どもの情けなきことよ。入江、そのほうが神守どのと知り合いなれば、稽古をつけてもらえ」

と師匠に命じられて、

「恥をかくのを承知で稽古ですか。致し方ございませんが、せめて神守さんとの稽古が終わったとき、自分の足で立っておりたいもので」

と言いながら、

「神守さん、ご指導お願い致します」

「こちらこそ」

入江忠助は粘り強い攻めと守りを見せ、なかなか攻め巧者《ごうしゃ》だった。職掌《しょくしょう》がら、刃物を持った無頼者と渡り合わねばならないのだ、道場稽古だけではない、修羅場のコツを身につけていた。

こちらも四半刻ほど経ったとき、入江忠助のほうから身を退《ひ》いて、

「なんとか二本足で立っておられるのはこの辺が限界です。ご指導、有難うございました」

と幹次郎に言った。

「いえ、入江どのは最後の技を出してはおられませぬ」

「とんでもない。これ以上はご免被《こうむ》ります。御用に差し障りがありますでな」

と言い訳した。

「入江どの、稽古のあと、ご相談したき儀があるのですが、時間《とき》はございましょうか」

と幹次郎から願った。

「神守さんの相談ですか。厄介そうですな」

「厄介なれば話を聞いて頂くだけでも結構です」

「いよいよ怖い」

と言いながらも入江忠助は受けた。

幹次郎はそのあと、門弟衆相手に一刻ほど汗を流してこの日の稽古を終えた。


二人は、入江が知り合いの茶屋の縁台に坐して対面していた。二人の横を白川が流れて、せせらぎの音が心地よく耳に聞こえた。

「神守さんの話、それがしが当ててみましょうか」

幹次郎は笑みの顔で頷いた。

「祇園の旦那七人衆の話ではございませんかな、ただ今は旦那五人衆に減っておりますがな」

「さすがに餅は餅屋ですな」

「なんのことはありません。神守さんが一力の集いに呼ばれていると聞きましてな、いずれ相談がまいると思うておりました」

京都町奉行所目付同心の入江忠助は、過日の鴨川河原での出会いのあと、神守幹次郎と麻が京に来た理由などを調べたのだろう。

「それにしても江戸の吉原会所の凄腕《すごうで》裏同心どのが吉原から追放になった噂の陰で、この京の祇園の花街のことを調べておられる。吉原でなにが起こっておるのですか」

「吉原の向後百年と言いたいですがな、少なくとも吉原の十年後を考えて、それがしと麻がこの京に修業に参ったのです」

「祇園界隈でさような噂が流れてますな、真《まこと》ですか」

入江忠助の問いは険しかった。

「むろん真です。それほど吉原の商いは厳しいのです」

「老中松平定信様の寛政の改革、緊縮政策のせいですかな」

「それも原因の一つでしょう。されど、それがしは吉原が過ぎ去った百年、一夜千両とか称される好景気に胡坐《あぐら》をかいてきたツケが回っておると考えております」

「神守さん、それはこの京の花街とて同じことですぞ」

「吉原の手本となった島原を一夜見て、吉原の数年後かと思いました」

「で、祇園界隈の花街に狙いを変えられましたかな」

幹次郎は頷き、

「われらに与えられた歳月はたったの一年でござる」

「それで祇園の旦那衆の集いに顔を出されましたか」

「およそそんなところです」

と応じた幹次郎は、

「祇園にはわれらが学びたきことが、あれこれあるように思えました。ゆえに義妹の加門麻は一力亭のご厚意で女将水木様つきの奉公人として一から京の花街を学んでおります」

「で、神守幹次郎さんはどこへ狙いを定められましたな」

「それがしが祇園感神院の神輿蔵住まいということは、入江どのもすでに承知でしょう」

「驚きました」

と入江が正直な返事をした。

幹次郎は京入りしてからの行動をざっと入江に話した。

無言で話を聞いていた入江が、首を幾たびか振った。

「呆れましたな、京に初めて来た江戸者が祇園社の執行彦田行良様や清水寺の羽毛田亮禅老師と知り合いになり、親交を深めておるなど、一介の町奉行所同心には思いもよらぬことですぞ。どのような手妻《てづま》を使われましたな」

「手妻を使う芸など持ち合わせておりません」

「あのお二人が益体《やくたい》もない手妻などに騙されるわけもなし、神守幹次郎と申す御仁の人柄でござろうかな」

幹次郎はなにも答えない。

茶菓が運ばれてきて二人は茶を喫した。

その間にも沈黙の間が続いた。

「入江どのが申されるように祇園感神院を支える町衆の旦那七人衆がこの二年で五人に減った」

「その経緯を承知のようですな」

「一昨年五月十九日、祇園の祭礼が始まる吉符入の前夜、老舗の呉服屋四条屋儀助様が殺され、翌朝に白川の流れに浮かんでいるのが見つかった。祭礼を支える旦那衆の一人が亡くなったのは大事ですが、すでに始まった祭礼の最中です。その折りの探索はどこまで進んだのか、後の話によれば辻斬りの仕業ということで、一応の決着はついたそうな」

幹次郎は一力茶屋の次郎右衛門に聞かされた話を告げたが、入江忠助目付同心はなにも口を挟まない。

「ところが一年後の昨年、吉符入の前夜、祇園門前町の大地主猪俣屋候左衛門様が四条屋の儀助様と同じような殺され方をして白川の流れで骸《むくろ》が見つかった。二人して同じ状況のもとで、同じ殺され方をされました。それも旦那七人衆が立て続けに殺されたのです。もはや辻斬りが金子目当てに殺したとは、だれも考えますまい」

幹次郎の言葉に入江同心が首肯し、

「この話を神守さんが聞かされたのは旦那五人衆の集いの場ですかな」

と問い返した。

「詳しい話は集いが終わったあと、一力亭の主どのがそれがしに話してくれました」

「祇園感神院の祭礼を支える旦那七人衆のうち、二人が一年をおいて殺された理由はどこにあるか、次郎右衛門の旦那は神守さんに話しましたかな」

「いえ、それがしが入江同心に会うと申したところ、その話のあとに残り四人の旦那衆の了解を得たのち、話すことになろうと申されました」

「ということは、それがしが探索の模様を神守さんに話さないかぎり、神守さんは無益な日にちを費消《ひしょう》することになり、われらの探索も前には進まないということですかな」

入江同心の言葉に幹次郎は頷いた。

「祇園は京のなかでも特別な絆をもつ界隈です。江戸から派遣された京都町奉行の下で働く同心などが立ち入ることなど以《もっ》ての外《ほか》です。いえ、旦那衆にしても町衆は愛想のよい笑みの顔で応じてはくれます。されど、顔と肚は別物です」

「と、江戸で聞かされてきました。ですが、どなたもわれらに親切でございました。これもまた京風の挨拶でございましょうかな」

「神守さんと義妹の麻さんですか、お二人は格別と答えたいのですが、一同心風情《ふぜい》には是とも非とも言い切ることができません」

と応じた入江が、

「正直、四条屋儀助の旦那が突き殺されたとき、われらは辻斬りの仕業と仮定して祭礼第一に事を進めてきました。傷口ですが、細身の直刀《ちょくとう》での、見事な一突きです。心ノ臓《しんのぞう》を貫いています。ついでに申しますと、かなりの金子が入った財布はそのまま懐に残っておりました」

「ということは金目当ての辻斬りではない」

「襲われたのは白川に架《か》かる巽橋《たつみばし》、四条屋の旦那は突かれた勢いで白川に落ちたために金子を抜き取ることができなかった、と奉行所内部では解釈する同輩もおりました。一昨年の祇園祭が終わったあと、奉行所では役人を総動員して四条屋儀助殺しの探索を改めて開始しましたが、祇園の旦那衆の口は堅く、有力な手掛かりは得られませんでした」

ふっ、と入江同心が息をした。

「昨年の吉符入の朝、白川で祇園旦那七人衆の一人、大地主の猪俣屋候左衛門の旦那が同じ手口で突き殺された亡骸が発見されたとき、祇園に衝撃が走ったそうですが、われら京都町奉行所も最悪な事態に見舞われました。四条屋の儀助以上に慎重な検死《けんし》と探索を始めましたが、祭礼を中止にするわけにはいきません。祭礼の神事と行事の間にわれら駆け回りましたが、確かな証《あかし》も下手人《げしゆにん》像も浮かんできませんでな、ただ今に至りました」

と入江同心がいったん話を終えた。

「今年の祇園の祭礼までさほどの時は残されておりません。奉行所では三人目の犠牲が出るのではと考えておられますか」

「それがいちばん恐ろしいのです。言い訳になりますが、この一件に関して祇園界隈の人びとの口はなんとも堅いのです」

と言った入江同心が、

「一つだけ伝えておきます。この連続旦那衆殺し、天明の大火と関わりがあるのではないかと推察されることです」

「大火事とですか」

「四条屋儀助と猪俣屋候左衛門の二人のもとへ、殺しの前に脅しの文が届いていたのです。この一件はさすがに旦那衆も知りますまい。奉行所が双方の脅しの文をそれぞれの家から見つけて奉行所に保管してございます」

と入江が言った。

幹次郎は吉原ばかりが危難《きなん》に見舞われているわけではない、吉原との関わりは不明だが、京の祇園にも得体の知れぬ手が伸びているのかと心中暗澹《あんたん》とした思いに囚《とら》われた。

第四章　魔の手

一

江戸吉原。

四郎兵衛は、不忍池の水茶屋で俵屋の女衆頭のおとみから聞いた話を幾たびも吟味した。

おとみが老舗の大籬俵屋萬右衛門の様子が変わったと思うのは、およそ二月《ふたつき》半前、今年の松の内が明けた前後だという。

萬右衛門と倅の太郎兵衛が帳場に籠《こも》って長いこと話をしていた。あとで考えればそれが俵屋を襲った、

「異変」

をおとみが初めて感じた瞬間だった。

萬右衛門と太郎兵衛は実の父子だ。

太郎兵衛とおなかの倅夫婦は子ども五人とともに金杉村の御寮に住み、太郎兵衛が通いで吉原に出勤していた。

俵屋の跡継ぎは当然太郎兵衛と俵屋の奉公人は信じていたし、父子の間には小さな諍《いさか》い一つなく、俵屋の経営は円満に行われていた。

この父子の話し合いの後、萬右衛門と太郎兵衛は暗い顔つきに変わり、ちょっとしたことでも感情をむき出しにするようになった。本来、萬右衛門は穏やかな気性で抱えの遊女や奉公人の男衆や女衆を声を荒らげて叱ることはなかった。それが苛立《いらだ》って些細《ささい》なことに大声を上げるようになった。

俵屋の遊女は他の妓楼と異なり、張見世に出ることもなかった。それは一見の客を楼に上げるなど金輪際《こんりんざい》なかったからだ。常連の上客が引手茶屋などを通すことなく、俵屋の暖簾を直に潜って遊んだ。そして、常連客の強い推挙がなければ俵屋の新たな客になることは叶わなかった。

遊女衆の稼《かせ》ぎ頭は、花春《はなはる》だった。薄化粧に素人っぽい季節の着物で派手な宴などは行わず、客と遊女はひっそりと座敷で過ごすことが多かった。遊女衆も俵屋独特のやり方を、

「よし」

として客に接していた。

本来官許の吉原の大見世は、日常とは異なる遊びを究極まで追求してきた結果、吉原独特の慣わしや仕来りが出来上がり、客との間には、

「張りと粋」

の世界が出来上がっていた。

その象徴が仲之町の花魁道中だ。

「性」

を買うことが客の究極の目的だが、そのことを花魁道中の華やかさが糊塗《こと》していた。

一方、俵屋はそのような慣わしや仕来りには背を向けて、ひっそりと俵屋の中だけの悦《えつ》楽《らく》の商いが成り立っていた。それだけに俵屋は家族的な雰囲気の中に客と遊女の間柄があった。むろん一人の遊女は何人もの相客《あいきゃく》など取らず、一晩一人の客の奉仕に専念した。

このようなやり方を好むのが俵屋の客だった。

そんな雰囲気ががらりと壊れた。

長年の馴染の一人が室町《むろまち》の小間物《こまもの》問屋山城屋志乃吉《やましろやしのきち》だった。この志乃吉が萬右衛門と太郎兵衛父子に新たな客、京に本店《ほんだな》を構える袋物《ふくろもの》屋美濃屋《みのや》の若旦那小太郎《こたろう》を推挙したのは去年の仲冬《ちゅうとう》、師走《しわす》を前にしたころだった。

俵屋では父子が山城屋志乃吉と幾たびか話し合い、俵屋の新しい客として美濃屋の小太郎を受け入れることにした。

美濃屋小太郎は三十前の男盛りで、面立《おもだ》ちも優しげに見えた。この小太郎を相手にしたのは俵屋の売れっ子の一人で十九歳のお涼《りょう》だった。お涼は小太郎と床入《とこい》りをした当初、本気で小太郎に惚《ほ》れる様子を見せた。

他の楼では遣り手と呼ばれる女衆頭のおとみがお涼に忠言したのは当然のことだ。その折り、お涼は素直に、

「はい」

とおとみの忠言を受け入れた振りをした。だが、その後もお涼は客の美濃屋の若旦那の手練手管《てれんてくだ》に深間《ふかま》に嵌《はま》っているかに見えた。そのことに気づいたおとみは角蔵と相談して、萬右衛門に伝えた。

「お涼が新規のお客と深間になったと言いなさるか。美濃屋の若旦那はお涼を落籍《らくせき》して嫁にでもしようと思うておられるか」

「さて、それは」

と角蔵が首を捻った。

「分からないか。美濃屋の若旦那は山城屋志乃吉さんの口利きでしたな。もう少し様子を

見てみませんか。山城屋の顔を潰すようになってもなりませんからな」

と萬右衛門が判断を下した。

年末年始とあってその話は俵屋では忘れられた。

「松の内が明けてしばらくしたころのことです。山城屋の旦那が血相変えて楼に来られて、萬右衛門の旦那と太郎兵衛さんと内談されました。私が勝手に用事があって閉め切られた帳場の前を通ったとき、こんな問答が漏れ聞こえました……」


「……な、なに、美濃屋の若旦那は別人と言われますのか、山城屋さん」

「真に言い難《にく》いことながら、美濃屋とは、もともと商いの付き合いはありません。ところが、これが美濃屋の若旦那だと、とあるお武家様から紹介されましてな、互いに京が本店ということもあり、親しく口を利くようになったのです」

「それがじつは美濃屋の若旦那ではなかったと申されますか」

萬右衛門の問う声には当惑があった。

「偶々《たまたま》美濃屋さんのお店の近くに御用がありましてな、挨拶に立ち寄らせて頂きました。すると出てこられた若旦那の小太郎さんは、私の知る小太郎さんとは似ても似つきませんでな」

「……そんな話が耳に入りましたんです。その日、山城屋の旦那とうちの旦那らとの話がどう決着ついたか、私も角蔵さんも分かりませんでした。その次の日から、うちの若旦那が三日ばかり楼を休まれました。その上、萬右衛門の旦那も女将さんもなにかに怯えておられる様子でした。事があったとしたら、そのときって角蔵さんと何度も話しました」

とおとみの話が終わった。

四郎兵衛はおとみの話をこの場でも思案して尋ねた。

「偽の美濃屋の若旦那の小太郎は、山城屋の旦那が俵屋に見えたあと、楼に来ましたかな」

「いえ、それがぴたりと楼には姿を見せなくなりました。山城屋の旦那が俵屋を訪ねたことを知ったからでしょうか。だとしたらどうやって知ったのでしょうね」

とおとみが首を傾げた。

「俵屋のひと財産をごっそりと奪い去った連中ですよ、俵屋には昼夜見張りがついていたということです。おとみさん、俵屋の一家が吉原から掻き消えたあと、遊女衆も男衆も女衆もなにも知らされずに楼に残っていたそうですな。だれ一人として主一家が姿を消したあと、辞めた者はいませんかな」

「おります、一人だけ」

「だれですな」

「なんでも屋の男衆、ボケの安次郎《やすじろう》が辞めました、というより姿を消しました」

「ボケの安次郎はいつから俵屋に勤めておりましたな」

「一年ほど前、口入屋《くちいれや》からうちに奉公に来た男で、知恵足らずで口もまともに利けませんがどんな仕事でも根気《こんき》よくやりますんで、遊女衆にも奉公人にも可愛がられておりました」

「その男が一味ですな」

「一年前からうちは狙われていたんですか」

「そう考えるほうが得心はいきますすな」

と応じた四郎兵衛が、

「偽の美濃屋の小太郎にぞっこんだったお涼はなんと言うておりますかな」

「七代目、それですよ。小太郎がふいに登楼しなくなって、お涼は幾たびも美濃屋に宛てて文を認めておりました。そのことを楼主の萬右衛門様に告げたのですが、旦那のほうも心ここにあらずという風情でまともな言葉は返ってきません。私と角蔵さんが小太郎のことをお涼に話しますと、『そんな話は信じられません』と泣き叫ぶばかり、『お涼、遊女が客に惚れてどうする』と角蔵さんもきつい言葉で言い聞かせたのですが、お涼は私どもの言葉に一切取り合おうとはしませんでした。ところが美濃屋からお涼の出した文がすべて返されてきて、『そなたに美濃屋の小太郎と名乗った人物は、うちの小太郎とは別人、そのことをとくと楼主に聞きなされ』との文が添えられてあったそうな。もはやお涼も言葉もなく茫然自失《ぼうぜんじしつ》しておりました」

とおとみが言った。

「偽の美濃屋の小太郎、遊女を手玉にとるほどの色事師《ごとし》ですな。俵屋さんもお涼も、山城屋の旦那も騙されたようですな」

と四郎兵衛はおとみに言いながら、俵屋が吉原の妓楼の中で独特の商いをして、他の楼主や引手茶屋と付き合いがなかったことが仇《あだ》になったと考えていた。大見世同士は五丁町の中では商売敵《がたき》ではあったが、同時に吉原会所からもたらされる情報によって交流もあった。

俵屋は、狭い廓内にあって、その情報網の外に孤立《こりつ》していた。そこを突かれたのだ。この吉原会所にも分からぬように網が張られていた、四郎兵衛は弁解の余地がないと己を憎《にく》んだ、叱った、後悔した。

四郎兵衛は、おとみから話を聞いた翌日、身代わりの左吉と浅草並木町の料理茶屋山口巴屋で会った。左吉からの呼び出しであった。

左吉は先に来ていて、四郎兵衛が座敷に入ってきたのを見ると、

「七代目、厄介な連中が吉原に関心を示したようですな」

と言った。

「なんぞ分かりましたか」

「いえ、七代目に喜んで頂けるほど、大した話はありませんでな」

と恐縮そうな顔で言った。

「それでも私に会いたいと願われたようですな」

「旧吉原以来の妓楼はもはやそう多くはございませんな。ですが、大楼となると何軒か今も吉原で妓楼や引手茶屋として商いを続けておられますな」

「はい、続けております」

「その老舗のなかで一軒だけ、吉原の大籬とは思えない独特の商いをやっている妓楼があるそうな。昔から噂には聞いておりましたが、まさかと思うておりました。真にさような老舗があったのですな」

左吉の述懐《じゅっかい》とも問いともつかぬ言葉に四郎兵衛は軽く頷いただけで応じた。

「角町の俵屋さんだそうで。その俵屋さんが突然廃業したそうですな。やはり老中松平定信様の贅沢はならじ、節約しろという緊縮策が原因《もと》で俵屋は廃業に追い込まれましたかな」

「俵屋さんの客層は代々限られた馴染客ばかりでございましたよ。官許の遊里、吉原の妓楼の中でも、お上のお触れがあって一番影響が少なかった妓楼ではないですかな」

「その老舗の妓楼が廃業とはどういうことでしょうか」

四郎兵衛はわずかな間を置いて、

「左吉さんに願ったのは、佐渡の山師荒海屋金左衛門が何者か調べてもらうことでしたな」

四郎兵衛は左吉にわざと願った用事を思い出させようとした。

「へえ、四郎兵衛様はそう願われました。こちらの調べは正直進んでおりません。わっしが江戸で付き合う連中に佐渡の山師荒海屋金左衛門を知る者は一人としておりませんでな、この者が吉原を乗っ取ろうなんて話はヨタ話だとだれも真剣にわっしの言葉を聞いてもくれませんでね」

「それは無駄足を踏ませましたな」

「いえ、そんなことはどうでもよいことですがな。わっしの知る仲間の一人が、吉原で老舗の大籬が潰れたという噂をわっしに告げてくれました。そこでひょっとしたら、佐渡の山師の話とこの俵屋の廃業話はどこかで結びついているのではないかと、思いましてな、忙しい四郎兵衛様をわっし風情からお呼び立て致しましたのさ」

と身代わりの左吉は四郎兵衛に二つの話が結びついていないかと質した。

「さすがに左吉さんですな。俵屋の廃業話がすでに巷に流れ、左吉さんの関心を引きましたか。正直申しますと、佐渡の山師の荒海屋金左衛門の動きと、俵屋の廃業話は同じ時期としか分からず、証らしい証は見出《みいだ》しておりませんのさ。俵屋を狙ったのは、尾張町《おわりちょう》の美濃屋の若旦那小太郎でございましてな」

「尾張町の老舗の若旦那が吉原の大籬乗っ取りを企てたと申されますので」

左吉の問いに四郎兵衛が苦々しい顔で、

「それがな、俵屋も俵屋に口を利いた山城屋も小太郎の小細工に気がつきませんでしてな」

問いに言い放った。

「どういうことでございますか」

四郎兵衛は俵屋が一見の客は決して取らないことを左吉に告げた。

「張見世もなければ、花魁道中もなし、吉原のなかで一番風変わりな妓楼商いだそうですな」

左吉の言葉に頷いた四郎兵衛が俵屋の新規の客について分かっているところをすべて説明した。

「なんと、尾張町の袋物屋美濃屋の若旦那に成りすまして俵屋の客になり、遊女を手練手管で惚れさせて、俵屋の内証を聞き出しましたか。それは色事師《ごとし》の手口ですな」

四郎兵衛が黙したまま頷いた。

「七代目、改めてお聞きします。佐渡の山師荒海屋金左衛門と俵屋の色事師は関わりがありましょうな」

「そこですよ、左吉さん。未だ私どもが知らぬ一味の者たちが俵屋の乗っ取りには関わっておりましょう。今のところ色事師と荒海屋某は、どれほどの関わりか、色事師は遊女を籠絡《ろうらく》して俵屋の内証を吐き出させただけか。そもそも、荒海屋の一味とは言い切れませんでな。ただ……」

四郎兵衛が途中で話すのを止めた。

身代わりの左吉は黙したまま、四郎兵衛が話し出すのを気長に待った。

「ただ今の吉原会所は大事な手駒《てごま》が不在でな、この一連の騒ぎ、そう簡単にケリがつくとも思えません」

「七代目、そやつらは神守幹次郎様の不在を狙って仕掛けてきたのでございましょう。ただ今の会所の面々で戦うしか手立てはございますまい。わっしは、どなた様の代役なども務められませんが、精々働かせてもらいます。なんでも命じて下され」

「その言葉、四郎兵衛、有難くお聞き致しました。礼を申しますぞ」

「礼はこの騒ぎのケリがついた折りに頂戴しましょうかな」

と左吉が応じ、

「七代目、わっしの仕事柄、色事師を追うほうが未だ全容が見えない企ての核心《かくしん》に迫れるような気がいたします。むろん、念頭には佐渡の山師の荒海屋金左衛門も決して忘れずに色事師に迫ってみとうございます」

「お願い申しましょう」

と答えた四郎兵衛が、包金二つを左吉の前に置くと、

「七代目、未だ五十両を預かるほどの仕事はしておりません」

と左吉が押し返した。

「左吉さん、おまえさんに話してないことがございます。俵屋の番頭の角蔵が私と会う約束の寿永寺の墓地で刺殺されておりましてな、この一味には殺しを屁《へ》とも思わない者たちが加わっております」

「なんと、すでに死人が出ておりますか」

「左吉さん、それよりな、俵屋の萬右衛門の孫二人が行方知れずになっております。俵屋がすべての身代《しんだい》をなくしたのは、孫二人の命を救いたい一心ではと考えていますのさ。俵屋さんは家族想い、孫には廓で暮らさせずに金杉村の別邸に住まいさせておりました、この点を狙われたと思うております。ただ者ではございませんでな、この一件について、金子で購える話なれば、いくらでも用立てします」

「お孫さん二人は相手に捕われておるのですな、今も」

「俵屋さんは言いませんが私はそう思うております。でなければかような仕儀に陥《おちい》るはずがない」

身代わりの左吉は無言で考えていたが、

「相分かりました。この金子、お預かりします、七代目」

と包金二つを懐に仕舞い込んだ。

「左吉さんに改めて言うこともないが、なんとしても神守幹次郎様が京から戻ってくるまで吉原を、会所を護っておきとうございますのさ」

「四郎兵衛様のお気持ち、この左吉重々承知しておる積もりです」

「頼みましたぞ」

四郎兵衛と左吉の話し合いが終わった。


左吉のいなくなった座敷で四郎兵衛が左吉との会話を思い出していると、廊下に人の気配がして、汀女が姿を見せた。

「四郎兵衛様、留守をしていて申し訳ありませんでした」

「汀女先生と行き違いになったようですね」

「玉藻様の気分はだいぶよろしいようです。あと半月もすれば、四郎兵衛様の腕に初孫が抱かれておりましょう」

「そうでしたな、つい忘れておりました。世の中は悪いことばかり続くわけでもなし、良いことが繰り返されるわけでもない」

「いかにもさようでございます」

「汀女先生の言葉を聞いたところで吉原に戻りますか」

「駕籠を待たせてございます」

汀女が吉原から乗ってきた駕籠には金次が従っていた。

「番方の命《めい》か、金次」

「いえ、汀女先生の命でわっしが従わせてもらいます」

うん、と返事をした四郎兵衛が汀女に会釈を返して駕籠の人になった。

二

神守幹次郎は禁裏門外一刀流の観音寺道場での稽古のあと、京都町奉行所目付同心であり観音寺道場の門弟でもある入江忠助と話し合った。その後、一力亭を訪ねて次郎右衛門に会うことにした。

昼の刻限だ。

「入江はんは、うちらの仲間の四条屋儀助はんと大地主猪俣屋候左衛門はんの連続殺しの探索についてなんぞ話してくれはりましたか」

「真実の探索がどこまで進んでおるのか、それがしに話してくれませんでした。奉行所としてはなんとしても祇園の旦那衆三人目の犠牲を阻《はば》みたいと思っておることはたしかと感じました」

「四条屋はんと猪俣屋の旦那が殺された原因についてなんも触れなかったと言わはりますか」

「それがしに申されたのは、この二人の旦那殺しが四年前の天明の大火と関わりがあると推量しているということだけです」

幹次郎の話を聞いた一力の次郎右衛門は思わず、
ふうっ
と大きな溜息を漏らした。

「入江どの方の見方に思い当たることがございますか」

幹次郎の問いに頷いた。

「次郎右衛門様、となると旦那衆方は相手方の推量がついておるということですか」

「は、はい。いや、他の旦那衆には話してへんけど、うちはなんとのう」

と戸惑いながらも返事した。

「二人の旦那衆がなんぞの作為のもと、殺されたのですぞ。町奉行所も旦那衆も当然のことながら口が堅《かと》うございますな。祇園の祭礼まであと二月ほど。もはや手を拱《こまぬ》いている場合ではございますまい」

と幹次郎が次郎右衛門に言った。

「そのとおりどす。けどな、神守様、うちら、残された五人の旦那衆の考えがまちまちどしてな、どうにもならしまへんのどす」

「どういうことでございましょうか」

次郎右衛門はしばし沈黙した。

「一力の旦那どの、それがしにこの一件を調べてみよと願われても、肝心のことをお話し頂けないのでは、余所者のそれがしにはいかんともし難《がと》うございます。限られた日にちを無益のまま浪費し、祇園の祭礼が日一日と迫ってくるだけですぞ」

「言わはる通りどす。そやけどな、残された五人の旦那衆はそれぞれが疑心暗鬼に陥って、だれもが仲間のことを信じられへんのどす」

次郎右衛門の言葉に幹次郎は愕然とした。

偶然、一力茶屋の前で旦那衆と会った折りからずっと、互いが肚を割った付き合いをしているとばかり思っていたからだ。だが、仲間二人が一年の間をおいて殺された騒ぎに対し、残された五人の気持ちは一つではないと次郎右衛門は言った。

幹次郎は一力茶屋の前での出会いから今日まで耳にした旦那衆の問答を思い返した。するとニ度目の集いの折りか、旦那衆の間に違和というべきか、不信というべきか、なにかが介在していることに気づいたことを思い出した。だが、江戸者がさようなことを口にして質してよいとは思えなかった。

「次郎右衛門様、それこそ敵方の思うツボではございませんか」

「言わはる通りどす」

と応じた次郎右衛門が大きな溜息を吐《つ》き、

「神守様と麻様が、うちらとうちの店の前で会ったことも疑ってはるお方もいはりましたわ」

「どういうことでしょうか」

「神守様と麻様が相手方の手先やないかと疑う御仁もおりましたんや。けどな、神守様が江戸の三井越後屋のご隠居はんやら、なにより祇園社の彦田執行はんや清水寺の羽毛田老師に信頼された御仁と知って、今ではお二人を疑う旦那はおへん」

幹次郎は一瞬言葉を失った。が、騒ぎが騒ぎだ。江戸から京の花街修業に現われた二人が疑われても致し方ないことかと得心した。

「われら、祇園にさような騒ぎが降りかかっているなど全く考えもせず一力亭の前を通りかかったのです。その折り、三井越後屋の大番頭与左衛門どのが麻の前身を承知していたことを、訝しく考えられたお方がいても不思議はありません」

「改めて申します。ただ今では神守様と麻様の人柄やご来歴がはっきりしましたさかい、さようなことはあらへん」

京はそう容易く肚のうちを見せぬところだと、改めて幹次郎は考えなおした。

「そんな最中にも拘《かか》わらず、一力様では麻に、女将の水木どののもとで見習修業をなすことを快く許して頂きました。感謝の言葉もござりませぬ」

「神守様、女衆はな、男とはちゃう勘が働くんやないですかな。うちらは仲間がすでに二人殺されたんや、にも拘わらず仲間内ですら信頼できしまへんのや」

幹次郎は、最前から問答が一向に進んでいないことを気にしていた。

「主どの、天明の大火がこの祇園にもたらしたこととはなんでございますかな」

幹次郎は話を核心へと戻した。

「大火事はな、それぞれの内証を暴き出しましたんや。建物は再建されてもその懐事情は様々どすわ。うちは偶さか運がようおした、この建物は燃えしまへんどした。けど土地持ちの呉服屋の四条屋はんと大地主の猪俣屋はんは燃えましたんや。猪俣屋はんらの地所は、この祇園界隈と鴨川の西側にあちらこちら残ってます。とくに先斗町付近にまとまって何百坪とな、値の高い地所が手つかずで残ってますんや。この土地を巡って、大坂《おおさか》の商人衆が目をつけてはります」

「と、申されましても、猪俣屋様と四条屋様の土地ですね」

「さようどす。けど、あれこれとお武家はん方の手を借りて猪俣屋はんと四条屋はんは脅されていたと思われます」

「次郎右衛門様、大坂方の頭分《かしらぶん》は分かっておりますので」

「分かっております。伏見《ふしみ》と大坂を結ぶ三十石船《さんじっこくぶね》の船問屋の摂津屋がその頭分どす」

「三十石船の船問屋が京の祇園に手を突っ込んだと申されますか」

「神守様、ことはそう簡単やおへん」

と次郎右衛門が苛立った口調ながら言い切った。

「表に立っておるのは船問屋の摂津屋どすがな、こたびの一連の騒動の真の主導者は京の人間やと思うてます。それにおそらく、お武家はんが従《したご》うてはりますな。この辺りの話はうちの一存では神守様に話すことはできまへん。残りの四人の旦那衆の了解をとらんといけまへん。これが大事や、いま少し時を貸しておくれやす」

と願った。

幹次郎は話柄を変えた。

「相手方には武家が従うておると申されましたな。武家方は公儀の京都所司代か京都町奉行所、あるいは西国大名家の京藩邸の面々ですか。いえ、もう一つ、禁裏にも武士がおりましょうか」

「禁裏の警固院のお侍はんは、うちら京の旦那衆を敵に回すやなんて、度胸はおへん」

「となると、公儀のお役人衆か、西国大名の京藩邸の武家方のどちらか」

「うちが思うには長崎口《ながさきぐち》と称してこの京で渡来《とらい》の品を扱う大名家に関わりの御仁と見まし

たんやがな。うちらもどこの大名家の家来か未だ知らしまへん。ともかく本日の神守様の話を受けて今日明日にも四人の旦那衆と話します」

一力の次郎右衛門もそれ以上は話すことはできそうにないと思われた。

「本日次郎右衛門様からお聞きしたことを京都町奉行所の入江どのにぶつけてみてはなりませぬか」

次郎右衛門が沈黙した。

「一日待っておくれやす。うちらも肚を固めんと直ぐに吉符入がきますよってな、ゆっくりしてはおられまへん」

次郎右衛門は、今日明日にも旦那衆四人と会うと言った。

「分かりました」

幹次郎が辞去しようと立ち上がりかけたとき、

「神守様、この一件な、裏と表がおます。町奉行所は京のことしか気にしておへん。四条屋の儀助はんと大地主の猪俣屋の旦那が殺された一件の探索は町奉行所の担当どす。けどな、この二つの殺しがうちら残りの五人に脅しをかけている背景を探るには、町奉行所では事が足りまへん」

「と、申されますと」

「京都所司代の密偵はんのほうがよう知っておると見ましたがな」

「ほう」

と言いながら幹次郎は再び腰を落ち着けた。

「密偵を主どのはご存じですかな」

「何人もいはりますがな、うちと通じてますのんは、渋谷甚左衛門《しぶたにじんざえもん》はんや」

「うち、と申されましたが、この一力様のことですか、それとも旦那衆のことでございましょうか」

「一力とのつながりどす。他の旦那はんは、うちが渋谷はんと通じていることはどなたも知らしまへん」

次郎右衛門の口調には迷いと悔いがあった。仲間の旦那衆に密偵渋谷某の存在を知られたくないゆえに、旦那衆殺しの探索が未だ進展していないと、遅まきながら案じている風に幹次郎には思えた。

「主どの、渋谷どのと会ってもようございますか」

幹次郎の問いに一力の主は首肯した。

次郎右衛門は、残りの旦那衆四人の了解をとると同時に渋谷に幹次郎を会わせたほうが事は進むと判断したようだ。

「京都所司代の密偵どのは、目付配下ですか。それとも所司代直属《ちょくぞく》ですか」

「渋谷はんは、代々の所司代に仕えておられます」

「ということは遠江掛川《とおとうみかけがわ》藩主太田備中守資愛《おおたびっちゅうのかみすけよし》様の直属ですかな」

「神守様、あんたはん、太田の殿様と知り合いどすか」

次郎右衛門が新たに驚きの顔を見せた。

「いえ、それがしではござらぬ。麻が吉原にて世話になったそうです」

幹次郎は京都所司代前での出会いを次郎右衛門に語った。

「魂消《たまげ》ましたわ。神守様といい、麻様といい、なんともお顔が広うおすな」

「太田の殿様は京で困った際は、予《よ》を訪ねよと申されたとか」

「考えさせておくれやす」

としばし思案した次郎右衛門が、

「神守様、麻様を連れて所司代に参られますか」

と質した。

こんどは幹次郎が思案して、首を横に振り、

「こたびの一件、京都所司代の太田の殿様まで広げるのはいささか早いかと存じます。渋谷どのが一力様と意を通じておられるならば、陰の者同士の話にてまず下相談をしてみま

す。できることならば、渋谷どのに口利き状を頂戴できませぬか」

と願った。

「ならば、これをお持ちなはれ」

と次郎右衛門が前帯から古びた木札《きふだ》の護符《ごふ》を出して幹次郎に渡した。木札の護符の表に、

「蘇民将来子孫也《そみんしょうらいのしそんなり》」

との文字が読め、護符の裏側には、

「一力　次郎右衛門」

とあった。

「うちの護符どす。渋谷はんに会いはったとき、見せなはれ。神守様がうちの代理と分かります」

「お預かり致します」

幹次郎は財布に仕舞い込んだ。

「渋谷はんやけどな、東堀川《ひがしほりかわ》通と丸太町《まるたまち》通がぶつかる角に甘味屋の一路庵《いちろあん》がおます。用事のないときは、渋谷はん、この店で油を売ってはります。もし姿が見えんかったら、一路庵の奉公人に頼んで、『渋谷はんに会いたい人がおます』と所司代の門番に伝言してもらいなはれ、それで通じるはずや」

と次郎右衛門が言った。

半刻後、幹次郎は東堀川通の西の角に一路庵なる甘味屋を見つけた。

昼下がりのことだ。

女の客が二組いて、一人だけ壮年《そうねん》の男が茶を喫していた。ただし武士の形《なり》ではない。

幹次郎はこの男を見た覚えがあった。そして同時に相手も幹次郎に視線をやって見ると

はなしに確かめていた。

幹次郎はその者の前に行き、

「渋谷甚左衛門どのですな」

と問うた。

「だれも渋谷甚左衛門なんて呼びまへんわ、ただの甚左《じんざ》でよろし」

と応じた相手が、

「どなたはんやったかいな。おお、そうや、役所の前で会いましたな。きれいな女子はん

といはったがな、ちゃいますか」

幹次郎は頷いて、

「相席《あいせき》願えますか」

「うちの店とちゃいます。好きなように坐りなはれ」

と言った甚左が、

「そや、あんたはんの名は神守幹次郎はんや」

と言った。

幹次郎が頷き、懐の財布から護符を出して甚左に見せ、裏を返してだれの代理か無言のうちに告げた。

「一力の旦那《だん》はんの使いやて。あんたはん、確か江戸の吉原のお人とちゃいますのん」

護符を幹次郎は財布に仕舞い込んだ。

「いかにもさようです。ただしただ今は一力の次郎右衛門どのの陰の御用を務めさせてもらっております」

「なんやて、江戸の吉原から京の祇園に鞍替《くらが》えかいな」

「曰くがござって一年にかぎり祇園にて見習修業の身にござる」

「待っておくれやす。あの女子はんはうちの殿様の知り合いやったな」

「ただ今一力にて見習奉公を始めたところでござる」

間を置いた甚左が、

「あんたはん、この甚左相手にえろう丁寧な言葉やな」

とからかうような口調で幹次郎に尋ねた。

「そなたの身分が分かりませんでな」

「身分によって言葉を変えはるんか」

「いや、そうではござらぬ」

と幹次郎がにやりと笑い、

「お互い初対面の折りは気心が知れぬでな。ばか丁寧な言葉を使っておれば間違いあるまい」

「ふーむ」

としばし間を置いた甚左が、

「で、用事はなんや」

と幹次郎に尋ねたとき、女衆が注文をとりにきた。

「新しい茶を二つとな、自慢の菓子を二人前や。払いはすべてこの侍はんがしはる」

と甚左が応じて女衆が、

「甚左はん、長いことうちにいて運が向いたんやないか」

「そういうこっちゃ」

と甚左が笑った。

所司代直属の密偵はしかつめらしい役所より甘味屋で過ごすほうが気楽なのか。

幹次郎は祇園の旦那七人衆のうち、二年前に呉服屋の四条屋儀助が、さらにその一年後に大地主の猪俣屋候左衛門が、祇園祭の吉符入の前夜に刺殺された騒ぎを甚左に語った。

甚左の顔の表情は全く変わらなかった。幹次郎が話したことなど当然承知していることだと思った。

途中で茶菓が供されて話が中断し、それでも幹次郎は最後まで話し終えた。

「甚左どの、旦那衆も一力の次郎右衛門どのも、祇園祭が近づいてくるにつれ、三人目の犠牲が出るのではないかと恐れておられる」

「そやろな」

と甚左が当然という顔で応えた。

「甚左どの、一力の旦那は、二人の暗殺には、大坂の商人らの背後に、京にいる武家方が噛んでおると推量しておられる」

「で、神守はんはうちに会えと一力の主に頼まれましたんか」

「それがしが町奉行所の担当役人と会って探索の模様を聞いてよいかと旦那に願いましたところ、そなたの名が出ましてな」

「そなたはん、西国の大名家の家来どしたな」

甚左は所司代前で出会ったとき以来、麻と幹次郎の来歴を調べた気配があった。

「よう承知にござるな。とは申せ、京に藩邸のある西国の雄藩《ゆうはん》とは違い、小藩の下士にござった」

「豊後《ぶんご》岡藩中川《なかがわ》家や」

「いかにもさよう」

「あんたはんの来歴はな、京都所司代にいはる幕臣《ばくしん》の何人かが承知どしたわ。まあ、官許の吉原と京の祇園では、いささか商いのやり方はちゃいますな。けど、あんたはんなら、一力の旦那はんの願いくらいなんなくこなせるのとちゃいますか」

幹次郎は首を横に振り、

「京と江戸ではやはり違いまする。ゆえに一力の旦那がそなたの名を出し、それがしがこうして会いに来たというわけでござる」

長いこと甚左は格子窓越しに表を見ていたが、

「四条屋の旦那と地主の猪俣屋の旦那が殺された曰くを調べよと言わはるんやな、一力の旦那は」

「だれが下手人かも」

「厄介な相手が出てきた折り、あんたはん、神守幹次郎はんが独り立ち向かわれますんか」

「それがし、一力の旦那に麻を預かってもらった恩義もござる。また今後一年世話になることを考えると」

「貸しを作っておきたいと考えはったんか、命がけどっせ」

「それがしの仕事でな」

「日にちを貸しておくれやす。で、あんたはんの塒《ねぐら》はどこや」

「祇園社神輿蔵が住まいにござる」

甚左の両眼が見開かれて、本日一番の驚きを見せた。

三

江戸・浅草並木町。

料理茶屋山口巴屋で四郎兵衛と身代わりの左吉が面談した。前回の面談から二日が経っていた。

「七代目、調べが遅れて申し訳ございません。色事師《ごとし》の小太郎はようやく正体が知れました」

「ほう、分かりましたか。それはお手柄」

「旧吉原のあった駕籠屋新道《かごやじんみち》の仕立て屋の倅でしてね、一時は官許の芝居小屋市村座《いちむらざ》で、市村小太郎の名で役者をしていた野郎でしたよ。だが、女客に手を出しては厄介を起こすというので、いまから数年前に市村座から追い出されて、その後、金持ちの後家《ごけ》なんぞを相手に金を稼ぐことを覚えたようです。仲間内では役者上がりの小太郎として知られていましたが、この一年ほど姿が江戸で見かけられておりません。ともかく女扱いが上手で、金を貢《みつ》いだ女からの訴えがないんで、一度としてお縄になったことも、小伝馬町《こてんまちょう》に入ったこともありませんのさ。それがこの正月辺りから、尾張町の老舗の袋物屋美濃屋の若旦那の名が小太郎だというのを利用して、吉原の俵屋に出入りしていたようです。一見の客を取らない俵屋に口を利いた山城屋の旦那も上手に騙されたものですな。なにしろ色事師の条件が揃っている。様子がいいし、女の扱いは実に優しい、閨《ねや》上手にして、役者上がりだ。京ことばもお手の物、年寄りの扱いはうまいし、吉原の遊女さえころりと騙された」

「色事師は独り仕事ですな」

「役者を辞めさせられたころは独り仕事だったようです。ですが、この一、二年は何者かと組んで、『大仕事をしのけたら、色事師は止める』と昔の役者仲間に漏らしていたそうです」

「さて、小太郎を操《あやつ》っている頭《かしら》はだれですかな」

「そこが未だ分かりません。佐渡の山師荒海屋金左衛門とはつながりがあるかどうか、申し訳ありませんが、未だ調べがついておりません」

と身代わりの左吉が言った。

「小太郎がどこにおるか、分かりませんかな」

「江戸でひそかに隠れて過ごしているようですが、塒や一定の住まいはありませんでな。昔馴染の女のところを転々と渡り歩いていることは分かっています」

「ほう、女の家をな」

「そんな女の一人で、神田川《かんだがわ》河口付近の北側、浅草上平右衛門町《かみへいえもんちょう》のお恭《きょう》って女とは、役者時代からと結構付き合いが古うございます。富沢町《とみざわちょう》の古着《ふるぎ》問屋の旦那の妾《めかけ》だった年増《としま》女ですが、旦那が身罷って小金をもらい、今も小体《こてい》な妾宅《しょうたく》に住んでいます。お恭の家にはいずれ転がりこむとみて、わっしの仲間を見張らせております。ともかく小太郎がお恭の住まいに姿を見せるとよいのですがな、このところ江戸での噂が掻き消えているんですよ」

と左吉が首を捻った。

「七代目、もう一つ手がございます。小太郎が馴染になった女でこれはと思う女には、自分とつなぎをつけたいときには、本所《ほんじょ》にある中之郷横川町《なかのごうよこかわちょう》の口入屋に文をくれと小太郎は言っているらしいのですよ、金を無心するためです。ひょっとしたら、俵屋の遊女にもその口入屋のことを教えておりませんかね」

「それはあり得るかもしれません。色事師の小太郎が吉原の大門を潜らねばお涼には会えないとなると口入屋を通じてお涼とつなぎをつけようとするかもしれませんな」

「へえ、すでにお涼は横川町の口入屋を承知かもしれませんぜ」

「お涼が口入屋の名を承知ならば、小太郎が口入屋に顔を見せると言われるのですな」

「へえ、こちらにもわっしの知り合いの者を見張らせております。あまり頼りにはなりませんけどな」

と左吉は最後に苦笑いの顔で言った。身代わりの職も独り仕事だ。仲間がそういるとは四郎兵衛にも思えなかった。


四郎兵衛は浅草寺《せんそうじ》に参詣《さんけい》して、奥山《おくやま》を抜けて浅草田圃に出ようとしていた。

(天気もよし、久しぶりに歩きながら考えごとをしよう)

と思いついてのことだ。

浅草寺寺中の畑屋敷に出たとき、二人の在所者と思える男が前方に佇んでいるのが見えた。懐には刃物を忍ばせている手合いだ。

「よい天気ですな」

と声をかけたとき、無言で懐から両刃の抜き身を出した。懐に鞘を残してのことだろう。なかなか手慣れた動きだった。

「おまえさん方、何者ですね」

と尋ねてみたが無言だった。口を利くとお国訛りが出ることを恐れているのか、と四郎兵衛は思った。

「私はね、お上が許された遊里、吉原会所の七代目頭取ですがな、それを承知で野暮《やぼ》ったい刃物を揮おうと言われますかな」

「四郎兵衛だっちゃ」

と無精《ぶしょう》ひげの男が確かめた。もう一人は細身の男だったが、二人して陽光に顔が灼《や》けていた。

「いかにも四郎兵衛です」

「死んでくらんし」

と無精ひげが言い、刃物を翳《かざ》して突っ込んでこようとした。その機先《きせん》を制するように言った。

「おまえさん方、佐渡島鶴子銀山《さどがしまつるしぎんざん》の山師の末裔《まつえい》ではありませんかな」

なにか応じかけた無精ひげの傍らを、細身の男が一気に四郎兵衛に迫った。

その瞬間、乾いた大気を裂く音が響いて、麻縄の先端に重りがついたものが細身の男の脛《すね》を払った。

あっ
と悲鳴を上げた男が四郎兵衛の前に倒れ込んだ。浅草寺境内奥山から、
ふわり
と身を躍《おど》らせたのは澄乃だ。その手にはすでに麻縄の先端の重りが握られていた。

吉原へと抜ける田圃道に倒れた細身の男が呻いていた。

四郎兵衛が澄乃に先手を取られた残りの仲間にちらりと視線をやりながら、

「どうしなさるな。浅草田圃は吉原遊里の裏庭でございますよ。おまえさん方二人だけで年寄りの命を取ろうというのはいささか甘い考えですな」

と言い放った。

機先を制された無精ひげが迷った。

「一つ、頼みがございますがな、それを聞いてくれるならば本日は挨拶ということで、おまえさん方二人の命は助けてやりましょうか」

無言だった。

細身の男の呻き声だけが響いていた。

「おまえさん方は、荒海屋金左衛門の手下ですな。官許の吉原は佐渡の隠し山から出た金銀では買えません、と伝えてくれませんかな。よろしいな」

無精ひげが頷いた。

「それともう一つ、俵屋の一家に手を出すのは止めてもらいましょうか。もしこれ以上、悪さを繰り返すならば、吉原会所は全力を挙げて荒海屋某の企みを阻むばかりか、一味全員を白洲《しらす》に突き出すとな」

と忠告した四郎兵衛の眼前で無精ひげが両刃の刃物を懐の鞘に納め、細身の男の腕をとると随身門《ずいじんもん》へと去っていった。

「澄乃、助かりました」

と礼を述べた四郎兵衛に澄乃は会釈を返した。


四郎兵衛は大門を潜った足で角町の俵屋を訪ねた。

玄関土間で女衆頭のおとみが悄然とした体で煙管を吹かしていた。

「七代目」

「仮墓に角蔵さんをお参りなさったか」

「寿永寺で」

とだけおとみが答えた。

「七代目、なにが俵屋を見舞ったんですか」

「それが未だよう分かりませんでな。今さら詮無《せんな》いことですがな、萬右衛門さん、なぜ事が起こったとき、相談してくれなかったか、返す返すも残念でなりません」

と言った四郎兵衛が、

「こちらの遊女衆や奉公人の新しい勤め先な、五丁町の町名主方と相談します。遊女衆が俵屋に身売りした折りの書付はございましたかな」

「遊女たちの書付や証文はございました」

「ならば遊女衆らがどこの楼に鞍替えしたいか、おまえさんが、希望を二つ三つ当人に聞いて書き出してくれませんか。早々に町名主方と相談しますでな」

おとみが頷いた。

「おとみさん、お涼と会えますかな」

「お涼ですか、はい。俵屋に残ると一人だけ頑張っていますので」

「私が話しとうございます。どこぞ座敷を貸してくれませんか」

と四郎兵衛は願いながら、ふとなぜ新たな楼主らは俵屋の遊女たちを京風に修業し直し始めたにも拘わらず、途中で諦めたか、その理由に疑いを持った。

「ならば帳場はどうでございますか」

「お涼をそちらに呼んで下され」

と願って四郎兵衛は帳場に通った。

突然主一家を失った帳場は、淀んだ空気が漂っていた。そこは時が止まっているかのように四郎兵衛には感じられた。

「入ってようございますか」

と女の声がして襖《ふすま》が開き、素顔《すがお》の女が立っていた。

「お涼ですな、入りなされ」

四郎兵衛に招じられたお涼が帳場に入ってきた。

「なにかご用ですか」

「そなた、俵屋に残りたいそうですな」

「はい」

「俵屋はもはや吉原にはありません。あるのは、そなたらが何年か住み暮らした建物だけです」

「萬右衛門の旦那一家はどこに行かれたのです」

「お涼、この私が言うことを耳を澄まして聞きなされ。それほどの大事が起きたのです」

と前置きした四郎兵衛は、差し障りのない程度に萬右衛門、お市、太郎兵衛の三人と会った様子だけを伝えた。

「そ、そんな」

とお涼は信じられないという顔で四郎兵衛を見た。

「お涼、この私も萬右衛門様方のただ今を信じたくありませんでした。ですが、真の話です。その場にいたのは私一人ではありません。南町奉行所定廻り同心桑平市松の旦那もいっしょでした」

お涼は両眼をあちらこちらに向けて、だれぞに助けを求めるような気配を見せて、

「四郎兵衛様、俵屋になにが起こったのですか」

とおとみと同じ問いをした。

「旧吉原以来の老舗の妓楼、俵屋さんは騙されなさったのです。これまで貯めてきた何千両もの大金も俵屋と金杉村の御寮の沽券もすべて騙しとられて無一文になったのです。故にこの俵屋から萬右衛門とお市の夫婦、倅の太郎兵衛一家は夜逃げ同然に出ていかざるを得なかったのです」

「だれがなぜそんなことを」

「と聞かれますかな、お涼、そなたに関わりがある客が一枚嚙んでいることは確かです」

「四郎兵衛様、私のお客様にそのような方は」

「尾張町の袋物屋美濃屋の若旦那の小太郎はそなたの馴染客ですな」

はっ、とした表情をお涼は見せた。

「美濃屋の若旦那小太郎さんは確かにお客の一人です」

「そやつは同じ名ながら、役者上がりの色事師です」

四郎兵衛が淡々とした口調で色事師小太郎について語った。

「私の言葉が信じられないというならば、おとみをこの場に呼んでもよい。いや、美濃屋の若旦那をこの楼に口利きした山城屋の旦那をこの場にお呼びしてもよい。さすれば私の言うことが真と分かりましょうな、お涼」

お涼は茫然自失して口も利けなかった。

「色事師小太郎がなぜそなたを虜《とりこ》にしたのか。あやつに、寝物語に俵屋の身内や内証のことを話してくれと請われませんでしたかな」

長い沈黙のあと、

「そんなこと話しません」

と否定した。

「お涼、よう聞きなされ。近ごろ番頭の角蔵の姿が俵屋から消えたのは承知ですな。小太郎一味のことを私に話そうとする直前、何者かによって殺されたのです。場所は俵屋の菩提寺寿永寺の墓地です。おとみさんは仮墓に参っておりますゆえ、承知です」

お涼の顔が恐怖の色に染められた。

「な、なぜ番頭さんは殺されなさったので」

「私に俵屋で見聞きしたことを話そうとしたからです。お涼、それより大事な話があります、よいかな」

「なんですね」

「過日、私は萬右衛門さん、女将のお市さん、倅の太郎兵衛さんと隠れ家で会ったと申しましたな」

お涼は疑いと不安の顔で四郎兵衛の言葉を聞いた。

「事実です。とても吉原の老舗の妓楼の主一家とは思えぬ暮らしでした。おまえさんの客だった小太郎らに騙され、すべてをはぎ取られた結果です。とはいえ、なぜ萬右衛門さんは、事が起こったときに吉原会所に相談してくれなかったのか。私らは旧吉原以来の仲間ですぞ、そのことを萬右衛門さんに咎《とが》めましたがな、何事も答えられませんでした」

と四郎兵衛は悔いの言葉を繰り返した。

「なぜですか」

「お涼、よく考えて答えて下され。小太郎が俵屋の身内や内証をそなたに尋ねたのは分かっています。その他に聞いたことはありませんかな、吉原会所のことですがな」

お涼は長い時、沈黙して考えていた。千々《ちぢ》に乱れた思いのなかで、

「吉原会所の裏同心神守幹次郎様のことを小太郎さんはよく尋ねました」

「なんと」

「神守幹次郎が謹慎になったのは真かとか、そんなことです」

お涼の言葉を聞いた四郎兵衛は、
ふうっ
と吐息をした。

一味は吉原会所の勢力が弱体化するのを待って仕掛けたのだ。

「私はどうなりますか」

「俵屋に残りたいとおとみに言ったそうですが、なぜですな」

四郎兵衛の問いにお涼は黙り込んだ。話すべきかどうか迷っている風だった。

「小太郎さんは、俵屋になにが起ころうと残っておれ、それしか、おれと会う方法はない

と」

「小太郎が言いましたか」

「はい」

「小太郎は、萬右衛門さんが主の俵屋が潰れることを承知していた、ということです。分かりましたかな」

しばし間を置いて、

「はい」

と答えた。

「私の知る小太郎さんは色事師ですね」

と念を押すお涼に四郎兵衛が頷いた。

「お涼、あやつにそなたがつなぎを付けたいとき、なんぞ手立てがあるのではありませんかな」

「川向こうの横川長崎橋際《ながさきばしきわ》の口入屋一朱屋《いっしゅや》に文使いに文をもたせてくれと最後の折りに言い残しました」

「これまで文は出しましたかな」

「二通、いや三通」

「そなた、小太郎について、あるいは俵屋について言い残したことはありませんかな」

お涼が瞑目して考えた。

「小太郎さんが拘《こだわ》ったのは、太郎兵衛さんの子ども五人のことでした。そのことを幾たびか聞かれました」

「よう思い出してくれました」

と言った四郎兵衛が、

「お涼、繰り返します。もはや俵屋は消えたと言うてよい。といって小太郎らが関わる俵屋が商いすることを吉原会所も五丁町の町名主も許しませんでな。まず、そなた、この廓内のどこぞの妓楼に鞍替えすることになりそうです。わが身のことをじっくりと考えなされ」

と最後に諭すように言い、お涼が頷いた。

番方の仙右衛門が南町奉行所の桑平市松に同行を願い、横川の口入屋一朱屋を訪ねて、小太郎宛てのお涼の文三通が残っているかどうか質した。

「お調べでございますか」

「そういうことだ」

と桑平市松が応じて、

「小太郎が色事師ってのは承知なんだろう」

「へえ、文を預かるくらいは色事師だろうとなんだろうと構いませんやね、旦那」

「まあな、で、お涼の文は残っているのかえ」

「いえ、昨日、いや、一昨日《おととい》か、野郎の遣いが現われて、文を持っていきましたぜ。一通につき百文《もん》の預かり料を払ってね」

と口入屋一朱屋の主が言った。

四

幹次郎は京都所司代近くの甘味屋一路庵の小上がりで密偵の甚左こと渋谷甚左衛門が姿を見せるのを待っていた。

初めて甚左に会った二日後の昼下がりのことだ。

「いつもとちゃいますな、甚左はんは約束を違《たが》えへんお人どす。いえ、閑《ひま》なお方やし、おかしいわ」

と一路庵の女衆が言ったとき、そより、といった感じで甚左が姿を見せた。

「甚左はん、お侍はんが半刻以上もお待ちやよし」

と幹次郎に代わって女衆が文句をつけてくれた。

「かんにんな、うち、刻限を忘れてしもうてな」

と女衆に無責任な返答をした甚左が初めて幹次郎に会釈して定席に腰を落ち着けると、

「えろう厄介な頼みどしたな」

といきなり言った。

「厄介な願いごとでしたか、ご存じのように京のことが分かりませぬゆえ、一力の主どのの勧めに従って甚左どのに無理を申しました」

「言い訳はよろし」

と応じた甚左が、

「神守はん、所司代の役目を承知やろな」

「いえ、くわしくは存じ上げません。ただ今の所司代は遠江掛川藩の藩主太田備中守様ということくらいでござる」

「所司代屋敷の門前で偶さか会いよった折りに聞いたか」

「さよう」

「ただ今の所司代はんはワルやおへん。けど、賢いこともあらしまへん。凡庸《ぼんよう》な所司代はんや」

所司代直属の密偵甚左が大胆な発言をした。

二人に茶菓が出てきた。

茶碗を手にした甚左が中断した話の続きを始めた。

「京の所司代の源は室町《むろまち》の折りの 侍 所所司の代行《さむらいどころしょしだいこう》はんや。織田信長《おだのぶなが》はんも豊臣秀吉《とよとみひでよし》はんも所司代を置いて、京の支配をされとりましたわ。徳川《とくがわ》はんになってな、ただ今の職掌は、朝廷の守護と監察、それに公家《くげ》・門跡《もんぜき》の監察、京都町奉行、奈良《なら》奉行、伏見奉行の統括に二条城の役人どもの支配が務めや」

と手短に説明した。

幹次郎は黙って聞いていた。

京都町奉行も所司代の管轄下にあるのならば、一力茶屋の次郎右衛門が、京都町奉行の同心入江忠助に会う前に甚左に先に会えと命じたのは、こたびの連続殺人が京都町奉行所では探索しきれないのではと考えたせいではないか、と漠然と幹次郎は思案した。

「甚左どの、所司代の務めの中に京より西の大名の探題《たんだい》の役目もござったな」

「よう、知ってはるがな。神守はん、あんたはんが所司代になりいな」

と甚左が真顔で冗談を言った。

だが、幹次郎は無言で聞き流した。

「旦那七人衆はな、祇園と頭に冠《かん》することがおます。けど、旦那七人衆の力は祇園どころやおへん、京都町奉行より大きおす。旦那七人衆は、京の町衆の所司代みたいなもんや、その四条屋の儀助はん、大地主の猪俣屋候左衛門はんが殺されはったんは、町衆の力がこれ以上大きゅうなるのんを嫌われた御仁がいはるか、それとも、ただ今の旦那七人衆に代わろうとするお方がいはるのとちゃいますやろか」

「甚左どの、だれだかあたりがつきましたかな」

「神守はん、そう容易うおへん。けど、うちの推量やが、禁裏のどなたかと西国の大名家がうしろに控えておるんとちゃうやろか」

甚左は曖昧な答え方をした。だが、幹次郎はそれなりの探索の結果、証のあってのことかと思った。

「禁裏ですか」

「あすこは金に困ってはるがな」

「金子のせいで二人の旦那は殺されましたか」

「すべて金が仇《かたき》の世の中どす」

「西国大名というても数多おられましょう」

「所司代が監察するだけでも何十もおますな。そのうちの一家がな、町衆の所司代である旦那七人衆に代わって、京の商いの実権を握りたいと思うてはるのとちゃいます」

甚左の言い方は実に漠然としていた、だが、探索の結果だと思わせる説得力があった。

甚左一流の表現を幹次郎は読み解くしかない。

(禁裏と西国大名がこの京で手を結ぶということは、ただの金儲《もう》けや商いのためだけではあるまい)

という幹次郎の胸のうちを読んだように甚左が、

「京にいはる多くの西国大名はんは、すでに江戸に代わる幕府を考えてはるんとちゃいますか」

と言った。

それにしても旦那七人衆にそれほどの力が秘められているのか。幹次郎は改めて京の町衆の力に驚嘆した。

「で、禁裏と手を結んだ大名の目途は立ちましたか」

「神守はん、この一件な、容易うおへん。西国大名はんかて、京にそれなりに屋敷を構えてはるがな。あんたはんの旧藩は、そのうちに入りまへんわ、安心おし」

安心おしもなにも、幹次郎には関わりのないことだった。

「禁裏どすけど、あんたはん一人では中に入れまへんな」

甚左の言葉は繰り返しが多かった。

「甚左どの、西国大名と禁裏ですが、目途が立つにはどれほどの日数がかかりましょうかな」

「三日かて三月《みつき》かていっしょや、そう容易う顔は見せはらしまへん」

「二人の旦那衆が刺殺された吉符入まで限られた日にちしかござらぬ。三人目の犠牲者がいつ出ないとも限らぬ」

幹次郎は甚左の言い方に苛立ってはいけないと思いながらも、つい性急な言葉を吐いた。

「そやよってな、あちらはんのほうから神守はんに会いに来はるように仕掛けをしてきましたがな。神守はん、何日もせんうちに会えますえ。貴重な機会や、逃《のが》したらあかん」

と甚左が平然とした顔で言った。

幹次郎は一瞬茫然とした。

「甚左どの、その者たちの次なる狙いをそれがしに定めましたか」

「あんたはん、すでに脅しの文を受け取ってはったな」

幹次郎は、このことを甚左には言っていなかったことを思い出した。

（どうして知ったのか）

一力の主が推挙した人物だけに強《したた》かだった。

「相手が来られますがな、そのほうが楽やし」

「驚きました。これが京のやり方でござるか」

「京のやり方かどうか知りまへん。甚左風やな。相手の頭はんが分かった折りは、この甚左に教えておくれやす」

甚左は言外に相手方を承知していないと言っていた。だが、幹次郎はすでに甚左が目途をつけていると推量した。それならそれでやり方もある。

「それがしが斃《たお》されるということも考えられる」

「そやな、いくらあんたはんが強いというたかて一人やし、相手は大勢や。神守はんの亡骸が鴨川に浮かぶことも考えんとな。義妹の加門麻はんが困りますやろ、どないしまひょ」

「それがし、麻を江戸に連れ戻す役目を負うておる。死ぬにも死ねんが相手のおること、一人ではどうにもならぬな」

「格別、驚いた風もおへんな」

「甚左どの、これでも恐怖に慄いておる。京と江戸ではすべてにおいて違うな」

「京の七不思議いうたら、町屋ごとにおますよってにな。一々本気にしてもあきまへん」

と甚左が言った。

その戻り道、鴨川を渡った幹次郎は、白川の流れの端にある禁裏門外一刀流の観音寺道場に立ち寄った。ひょっとしたら京都町奉行所の同心入江忠助がいるのではとの考えだったが、道場は森閑として稽古をする門弟がいる風もなかった。

「おや、神守どのか、稽古に参られたかな」

と姿を見せたのは道場主の観音寺継麿であったが、手に長さ七尺（約二百十センチ）ほどのたんぽ槍《やり》を携えていた。

「過日は世話になったな、礼を述べるのがおそくなった、ほれ、このとおり」

と軽く頭を下げた。なんとも雅《みやび》な挙動だった。それにすでに礼は一度聞いていた。

幹次郎はふと関心を持った。

「観音寺先生、稽古でございますか」

「刻限が刻限ゆえ門弟は一人もおらぬで、わしが独り稽古をしておった」

「先生、ご指導願えませぬか」

幹次郎は用件を忘れて頭に浮かんだことを観音寺に願っていた。

「そなたはすでにわが道場の力を承知していよう。つまりはわしの技量もな、呑み込んでおられよう」

「いえ、それがし、先生の技量を推量する力など持ち合わせておりませぬ。かような機会は滅多《めった》にございますまい」

と重ねて願った。

偶さか立ち寄った観音寺道場で入江忠助の誘いに乗って道場破りを叩き伏せて以来、幹次郎は客分として道場で稽古をすることを許された。

幾たびか門弟衆と立ち合い稽古をしたが、道場主自らが指導する場面に遭遇したことはなかった。

入江に言わせれば、

「観音寺先生はお年ゆえ、竹刀を握っての稽古はなさらぬ。それがしも門弟になって十年余になるが、観音寺先生の稽古は滅多に見たことないな。だが、禁裏の二文字をつけた流儀をこの京で許されておるということは、それなりの腕前と見たがな、なにより先生の人柄に惹《ひ》かれてわれら門弟一同、好きなように稽古をしておる。時に口頭で教えられることはあるが、門弟だれ一人として竹刀や木刀での稽古を受けた者はあるまい」

とのことだった。

「よかろう。わしの暇《ひま》つぶしに付き合うか」

なんと竹刀や木刀をもっての稽古をつけぬと言われた観音寺継麿が幹次郎の願いを聞き届けてくれた。

幹次郎は道場に通ると神棚に拝礼し、腰の津田近江守助直を抜くと道場の端に置いた。

観音寺は稽古着ではない、ふだん着に筒袴《つつばかま》だ。

幹次郎も似たような形《なり》で壁の木刀を手にした。

「わしは稽古槍でよいのかな」

「ご指導を受けるのはこの神守幹次郎にございます」

「本日はわし一人ゆえ物足りなかろう」

と笑った観音寺が構えた。

その瞬間、二人だけの道場の雰囲気が変わった。

ぴーん、と張りつめた気が流れて、幹次郎はこれまで体感したことのない荘厳な緊張感に五体が包まれていた。

(これが古流《こりゅう》の武術であろうか)

と幹次郎は一瞬思った。

「参る」

と観音寺継麿の声がした。

幹次郎が木刀を正眼に構えると同時にたんぽ槍が幹次郎の胸元に突き出された。それを弾《はじ》いた。だが、弾いたはずの稽古槍の先が幹次郎の胴を、太腿《ふともも》を、首筋を、とゆるりとした時の流れながら、どこにも弛緩《しかん》したところのない連鎖の技が突き出され、幹次郎は、ただ無心に槍を弾き続けた。

時がどれほど流れていったか。

幹次郎は久しく感じなかった無念無想の稽古に没頭した。

ふっ、と観音寺継麿がたんぽ槍を引き、幹次郎も直後木刀を下げるとその場に坐して、

「ご指導有難うございました」

と礼を述べていた。

幹次郎は全く攻めてはいない。攻められないのではない、観音寺の攻めを受けているだけで満足感があった。強いとか弱いとか、そのような観念は全く入る隙などなかった。

「年寄りに汗を流させおったな」

「こちらは幾たびも冷や汗を掻きました」

と幹次郎が応じて、

「槍術《そうじゅつ》は禁裏門外流の教えにございますか」

「わしの爺様は内裏に勤めていたそうな。その爺様から父が習った武術の中に、この槍術

もあった。父の創意とわしの工夫もあるでな、禁裏で伝承する武術とは違おう。祖父がなにゆえ禁裏を辞してかような場所に道場を開いたかは知らぬ。祖父は禁裏に門外の二文字をつけることで、出自《しゅつじ》と同時にただ今は禁裏と関わりないことを表明したのであろう。わしは父の教えと流儀名を受け継いだにすぎぬ。そなたの腕では、物足りなかろう」

「それがし、初めてかような神秘の槍術を体験して感じ入りました。いつの日か、禁裏門外一刀流の剣術のご指導を願いとうございます」

「神守幹次郎どの、年寄りに汗を掻かせるというか」

と観音寺継麿が言いながらも満足げに笑った。

「そなた、数多の修羅場を潜ってきたようじゃな」

「それがし、妻仇討の汚名のもと、追っ手に追われる十年の逃亡暮らしを続けました。なんとか二人して生き延びて江戸の官許の遊里、吉原会所に拾われて用心棒ごとき暮らしをして参りました。ゆえに避けて通れぬ斬り合いをなしたこともございます」

「おもしろき生き方を選ばれたな」

「さだめでございましょうか」

「修羅場を潜りぬけて生き抜いてきたわりには、そなたの剣術にはさわやかさがある。どうしてかのう」

と言った観音寺が、

「そなたの佩刀《はいとう》を見せてもらってよいか」

と願った。

幹次郎は道場の隅に置いた差《さ》し料《りょう》を手にすると、黙って観音寺に渡した。

「拝見しよう」

とたんぽ槍を幹次郎に渡した観音寺がゆっくりと刃渡り二尺三寸七、八分（約七十二センチ）を抜くと、しばし刃を見ていたが、

「五畿内摂津津田近江守助直じゃな。新刀ながら見事な鍛造《たんぞう》かな、いや、使い込んだ一剣かな」

と感嘆の声を漏らした。

「そなたの人柄が助直に映り込んでおる」

「お言葉はどのような意にございましょうか」

「刀には遣い手の人柄が出るということよ」

と答えた観音寺が、

「そなたがわが道場に初めて訪れたのは、『さるお方より聞いて』と申したそうだがさようか」

「いかにもさようでござる。さるお方とは産寧坂のお婆様です」

「ほう、なんと、そなた、髪結のお婆と知り合いとはな」

「偶然でございます、また、京都町奉行所の目付同心入江忠助どのが門弟だとも存じませんでした」

幹次郎の返答に首肯した観音寺が、

「本日、入江を訪ねてきたのはなんぞ用か。わしで足りるならば申してみよ」

「いささか話が長《なご》うなります」

「ならば母屋《おもや》に参ろうかな。子どもたちは皆外に出ていき、老妻との二人暮らしよ。暇は十分にある」

と言った観音寺が助直を幹次郎に返し、まず井戸端へと案内した。

「おーい、手拭《てぬぐ》いを二つもってこよ」

と母屋に観音寺が叫んだ。

「はい、珍しいことやおへんか」

と女の声を聞きながら、幹次郎は釣瓶《つるべ》で水を汲み上げ、盥《たらい》に水を張った。

「先生、どうぞ」

白髪頭の観音寺の奥方が手拭いをもってきた。

「それがし、新参の神守幹次郎と申します」

と幹次郎が挨拶すると、

「あんたはんのことは門弟連の噂話で承知どす」

と言った。

「それがし、噂になるほどの人間ではございませぬ、奥方様」

「江戸の吉原から祇園にきれいな女子はんと見えたお方でっしゃろ」

「は、はい」

「お粂《くめ》、門弟どもの噂話より、ご当人の口から話を聞くのがなにより確かであろう」

「そうどす、そうどす」

とお粂が言い、肩脱ぎになった観音寺の肩の汗を拭い始めた。

幹次郎もその仲睦《なかむつ》まじい老夫婦を見ながら汗を拭った。そして、幹次郎は京に来て、また新たな人との出会いを観音寺とお粂に感じていた。

この日、幹次郎は観音寺家の母屋で酒を馳走《ちそう》になり夕餉を食して、五つの刻限に辞した。

第五章　刺客の影

一

微醺《びくん》を帯びた神守幹次郎は、ゆらりゆらりとした足取りで切通しの小路を抜けて、四条通に出た。だが、これまでのところ幹次郎の行動を見張っている眼は感じられなかった。所司代付きの密偵甚左の言葉を受けての行動だった。甚左は、禁裏の刺客に対してどのような策を使ったか、

「あちらはんのほうから神守はんに会いに来はるように仕掛けをしてきましたがな」

と事もなげに言ったのだ。

四条通に出て、祇園社へと向かう。

刻限は五つ過ぎか五つ半の頃合いか。

四条通に灯りがこぼれている紅殻塗りの堂々たる茶屋が見えた。

麻の見習奉公する一力茶屋だ。

暖簾を分け、女将の水木に見送られて武家数人が姿を見せた。

幹次郎はごく自然な歩みで花見小路へと曲がり、一力茶屋の表を通ることを避けた。勝手口に回り、ご免、と声をかけながら敷居を跨いだ。勝手口には一力茶屋の女衆頭のお福がいた。

「おや、神守様、見廻りどすか。いつも言うてるがな、表から入ってきよし」

「いや、ちょうど客人が帰られるところゆえ、表は避け申した」

「筑後《ちくご》の大名家の京藩邸の用人はんどす」

お福の声には西国の武家方が馴染客だという感じがした。

「お茶を淹れまひょ、神守様」

とお福は神守が酒を呑んでいると感じたか、茶の仕度を始めた。

「恐縮にござる」

「麻様やけどな、舞妓はんや芸妓はんよりえらい人気ですえ」

「一力の商いの邪魔をしているのではないか」

「心配おへん、女将はんも馴染客の座敷には必ず麻様を伴い、お客はんに紹介してはります」

「恐縮じゃな」

「麻様な、芸妓はん方にも頼りにされてますえ」

「江戸からの新参者がさようなことがあろうか」

「麻様は気い遣いやし、頼りにされてます」

「いささか安心致した」

幹次郎の正直な返答にお福が笑い、淹れたての茶を供した。

「馳走になる」

幹次郎は茶碗を手に香りをかいだ。

「宇治《うじ》であろうか」

「神守様も京に慣れはりましたがな」

茶をゆっくりと喫したとき、地味な小紋姿の麻が姿を見せた。

「義兄上、見廻りどすか」

「いや、さるところで酒を馳走になった。酔いを醒《さ》まそうと白川沿いをゆるゆると四条に出てきたところだ」

「この祇園で酒を馳走になられましたか、珍しおすな」

と麻が首を傾げた。

「祇園北に剣道場があってな、そちらで馳走になったのだ」

「おや、観音寺先生の門弟はんと酒を呑みはったんどすか」

ちょうど勝手に姿を見せた水木が幹次郎の声が聞こえたか質した。

「女将どの、門弟どの方と酒を酌み交わすまで懇意にはしておりませぬ。それがしが昼下がりに道場を訪ねると、観音寺先生が独り稽古をしておられました。厚かましくもご指導を願ってみると快くお受けいただき、それがし、禁裏門外一刀流の雅な武術を、身を以《もっ》て体験させてもらいました。そのあと、お内儀に夕餉に招かれ、酒まで頂戴いたしました」

「麻様もやけど、神守様も不思議なお人柄どす。観音寺先生のお宅に招かれるお人はそうおへん」

水木が観音寺継麿を承知かそう言った。

「観音寺先生はこちらの茶屋にお出入りがござるか」

「先生の先祖は禁裏の勤めやし、当代はんも未だ禁裏と付き合いがおます。若いころはうちにも顔を出されましたえ」

「ほう、観音寺先生はこちらのお客でありましたか」

幹次郎にはいささか観音寺継麿と一力茶屋が結びつかなかった。

「昔のことどすわ。先生は、芸妓衆に人気のお人どした」

と水木が過ぎし日を思い出したか、言った。

「女将はん、お客はんがお帰りどす」

と女衆が知らせに来た。

「直ぐ参じます」

と応じた水木が、

「帳場に顔出ししまへんか、うちのが待ってます」

「いささか酒が入っておるゆえ遠慮したいのじゃが」

「お呑みになったお相手がお相手や。うちのも関心持ちますえ。どうぞ顔を出しておくれやす」

と水木に言われて、

「お福さん、茶がなんとも美味であった」

と礼を述べた幹次郎は勝手口から帳場に上がった。

今宵はどうやら座敷の客の多くが早めに引き上げたようだった。水木と麻が急いで見送りに行った。

幹次郎は帳場を訪ねて、

「主どの、甚左どのと昼下がりに会いました」

と報告した。

「手早《てばよ》うございますな。この刻限まで甚左はんといっしょどしたか」

「いえ、甚左どのと別れたのち、ふと思い立って禁裏門外一刀流の道場を訪ねてみました」

と前置きした幹次郎は、偶然にも独り稽古をしていた観音寺継麿に稽古をつけてもらい、そのあと母屋で酒と夕餉を馳走になったことをここでも伝えた。

「観音寺先生と稽古、まして酒を酌み交わしたやなんて、門弟衆かてそうおへんやろ」

次郎右衛門もまた驚きの顔で幹次郎を見た。

「勝手にて女将どのが同じことを申されました。京を知らぬ新参者にあきれ果てられたか、たんぽ槍の先生にご指導を仰ぎました。礼儀知らずの願いを快く聞き入れていただき、大変楽しい時間《とき》を過ごさせてもらいました」

「神守様、あんたはんの人柄やな。東国の侍はんが観音寺先生と酒を呑むやなんて驚きや。神守様、大事にしなはれ、観音寺先生とのお付き合いをな」

「はっ」

と幹次郎が頷いたとき、客を見送った水木と麻が帳場に顔を見せた。

「水木、聞いたか。観音寺先生に稽古をつけてもらい、夕餉を馳走になったやて」

「うちもびっくりしましたわ。神守様、祇園に剣道場があるのを承知どしたか、この界隈に舞妓はんや芸妓はんの演舞場はあっても、剣術の道場があるなんて、京の人かて知りまへんやろ」

「祇園界隈に剣道場があると教えてくれたのは、産寧坂の茶店のお婆様でござった。清水の老師の朝の読経に付き合わせてもらったあと、音羽の滝に水汲みに来たお婆様と孫娘と茶店に行き、茶を喫するのが近頃のそれがしの慣わしでございましてな、お婆様は昔、この祇園で髪結いをしていたとか」

「産寧坂のおちかはんや」

と水木が即座に言い当てた。

「お婆様はおちかと申されますか。お名前をお訊きいたしましたが、産寧坂の茶店のお婆でいいと申され、名までは存じませんでした」

と言った幹次郎に、

「おちかはんは祇園で長いこと舞妓はんや芸妓はんの髪を弄《いら》ってきはった方や。舞妓のおふくから太夫はんの横兵庫《よこひょうご》までおちかはんの結った髪は、三年もつやなんて冗談がとぶほどの腕前どした」

か」

と水木が言い、

「神守様も不思議なお人や、清水寺の老師はんと朝の勤行のあとは、おちか婆の茶店ですか」

と次郎右衛門が首を傾げた。

「そうじゃ、産寧坂のお婆様が麻、そなたに会いたいそうじゃ」

「話を聞いて、おちか様に麻もお目にかかりとうございます」

「女将どの、近々麻を音羽の滝に連れ出してようございますか」

「麻様、朝起きられますか」

と水木が麻に尋ねた。

「女将様、奉公のし始めでさような無理を聞いていただけましょうか」

と麻がそのことを気にした。

「産寧坂のお婆に神守様と麻様が会うのは二人にとってためになろう。朝の間なればうちはなんの差し障りもおへん」

と次郎右衛門が言った。

「有難うございます、旦那はん、女将はん」

と麻が礼を述べ、幹次郎が、

「お許しなれば明朝迎えに参り、こちらまで送り届けます」

と言い添えた。

そんな女二人が帳場から仕事へと戻っていった。

「甚左はんと会ったて言わはりましたな」

と次郎右衛門が話を戻し、

「はい、二度目でございました」

と前置きした幹次郎は、甚左の探索の経過を告げた。

「なに、甚左はん、『あちらはんのほうから神守はんに会いに来はるように仕掛けをしてきた』と言いましたか。なんやら中途半端な探索どすな、それに神守様が危ないやないか、大変やがな」

と応じながらも次郎右衛門の顔には、どことなく事が動き出したという安堵感が漂った。

「主どの、観音寺継麿先生の祖父御は、禁裏勤めであったとか」

「はい、うちも聞いたことがおます。禁裏には西国にも東国にも見当たらない京の武術が連綿《れんめん》と伝えられているそうな、いつぞや観音寺先生から話がありました」

と言った次郎右衛門が、

「神守様、観音寺先生は一年ごとにうちらの仲間の二人が同じ日にちに殺されたことを当

「それがし、観音寺先生にこの一件を尋ねるために道場に参ったのではありません」

「うちは神守様をだれよりも信頼してます。そして、考え方も行動力も並みの御仁ではないことを承知しています。所司代付きの密偵甚左はんと会ったあと、町奉行所目付同心入江はんに会って、この一件の話を聞こうと考えはったんとちゃいます」

と次々に質した。

「主どの、正直、そのような思いもありました。ですが、旦那衆の合意を待てという言葉を忘れていたわけではございません。刻限のせいでしょうか、道場には観音寺先生お一人がおられて、最前申したようなことになりました」

「神守様、観音寺先生との稽古と母屋での夕餉だけで事が終わりましたかな。甚左はんの言葉が神守様を動かしたとちゃいますん」

「畏《おそ》れ入ります。次郎右衛門どの、観音寺先生も、旦那七人衆のうち、二人の旦那が祇園祭礼の吉符入の前夜に殺されたことを気にかけておられました」

「祇園の人間ならば、だれもが承知のことどす。けどな、多くのお人は、『うちらに関係ない話や』と見て見ぬふり、祭りに没頭する振りをな、してはるんや」

次郎右衛門の言葉に頷いた幹次郎は、

「夕餉の席で観音寺先生は、禁裏の武術は一芸一技が一子相伝《いっしそうでん》の秘伝だとか、祖父御が禁裏の勤めを辞めて祇園の界隈に町道場を開いたのは、謎だらけ秘密だらけの禁裏の武術に嫌気がさしたからだと、亡き父御から聞いたことがあるそうです。観音寺先生は、四条屋儀助様と猪俣屋候左衛門様が殺された死因、突きの傷を気にかけておられました」

「神守様、一子相伝の一芸一技、禁裏の武術の技の一つで殺されたのではないかと、疑っておられたということやろか」

次郎右衛門の自問のような言葉に幹次郎が頷くと、

「観音寺先生は、どなたはんから傷のことを聞きはったんやろな」

と自問が漏れ、幹次郎は首を振り、

「門弟の町奉行所目付同心入江忠助どのからのようです。禁裏の武芸とはどのようなものかとその時に問われたそうです。ですが、観音寺先生はそれがしに説明した程度のことを話しただけで、祖父が生きておれば、その問いに答えられたかもしれぬと、入江どのの問いを避けられたそうです」

幹次郎の言葉に一力の主にして、祇園の旦那七人衆の一人次郎右衛門はしばし沈思した。

長い沈黙のあと、

「四人の旦那衆に神守様が町奉行所の入江はんに会って話を聞くことの是非を質しました

んや」

と話柄を変えた。

「いかがでしたか」

「お一人が反対されました。名は申し上げられまへん」

「致し方ございません」

「それでようございますか」

「旦那七人衆からお二人が欠けて五人衆に減りました。この五人衆が結束《けっそく》することが大事かと存じます」

「神守様、甚左はんの仕掛けをお忘れどしたか。刺客の三番目の狙いはうちらやおへん、神守幹次郎様とちゃいますか」

幹次郎は小さく頷いた。

「神守様は命がけでうちらの頼みに応えておられますんや。うちの一存どす、観音寺道場の門弟入江はんに話しなはれ。門弟同士が打ち合いながら問答をするのをどなたも止めはれしまへん」

と次郎右衛門が言い切った。

幹次郎はゆらりゆらりと四条通を祇園感神院へと向かっていた。

刻限は四つの時分か。

この日、これまで感じなかった尾行者を幹次郎は意識していた。

四条通の東は祇園社の境内に塞がれていた。西楼門《ろうもん》から境内に入らず、南楼門へと回りこもうと幹次郎は考えていた。

祇園社の境内で血を流す真似は避けたかったのだ。

尾行者の間合が迫ったのを感じた。

幹次郎の酒に酔ったような歩みは変わらなかった。

目指す南楼門の前に一つの白い影がひっそりと立っていた。この人影が発する死の気配は危険極まりないものであった。ひょっとしたら四条屋儀助と猪俣屋候左衛門を暗殺した刺客ではないかと思えるほどの静かなる殺気を漂わせていた。

幹次郎とその人物との間は十間（約十八メートル）余はあった。

背へ左手が回された。

その瞬間、

「待て」

と声が幹次郎の背後からかかった。

幹次郎は、酔っぱらいの振りをした緩慢な動きで後ろを振り返った。

常夜灯のかすかな灯りに三人の黒羽織が見えた。

(前後を挟まれたか)

と一瞬思った。

だが、南楼門の前に立つ危険な白い影と背後に立つ三人の黒羽織は醸し出す雰囲気が異なった。

「神守幹次郎、京に来てまで用心棒稼業か」

との声は、豊後岡藩中川家の御使番《おつかいばん》与謝野《よさの》正右衛門《しょうえもん》であった。残り二人も当然岡藩の家臣だろう。

幹次郎は背後の尾行者と南楼門前の人影は、全く関わりがないと思った。幹次郎は一人の刺客と三人の岡藩の家臣らの両方を見る位置に身を置いた。そのとき、もはや酔っ払いの振りを止めた。

南楼門から微《かす》かな舌打ちがした。

「与謝野様、なんぞそれがしに御用ですか」

「神守、わが藩の京屋敷を設けるのに力を貸せ」

と与謝野がいきなり命じた。

「夜分の祇園社の傍らで掛け合いですか。それがしには、今ひとり用事のお方があちらにおられます」

「あの者、何奴か」

与謝野らは初めて南楼門の暗がりに潜む影に気づいて質した。

「さあて」

と幹次郎が向き直ったとき、南楼門前にひっそりと佇んでいた刺客の影は消えていた。

「おお、掻き消えおった」

「それがしの命を狙うお方にございましょう」

「そのほう、常にさような輩に狙われておるのか」

「それがしが望んだわけではございませぬ」

「岡藩に手を貸せばさような輩はいなくなろう」

「与謝野様、それがし、岡藩に関わりがあったのは十数年前のこと、もはや旧藩に新たな関わりをもつなどご免です。それは御目付の清水谷正依どのも望まれますまい」

「その清水谷だ。もはや使いものにはなるまい。そなたのせいでな。清水谷の代わりに御用を務めよと申しておるのだ」

「与謝野様、抜け荷のみならず領内の娘らを京に連れてきて身売りさせるような手伝いはご免被ります」

「なに、こちらの仕事を承知か」

与謝野の言葉には驚きがあった。

「それがし、京都所司代太田備中守資愛様とはいささか縁がございましてな、これ以上、それがしにつきまとわれるならば、京での岡藩の商いの内容を訴えることもできまする」

「そのほうが所司代太田様と知り合いじゃと、虚言《きよげん》を申すな」

「試されますかな、与謝野様が腹を召されるだけでは済みますまいぞ。藩の存亡に関わります」

と言い放った。

「ご免」

と言い残した幹次郎は、刺客が掻き消えた南楼門へと足を向けた。

二

四郎兵衛は吉報が届くのをひたすら何日も何日も待っていた。

一つは娘の玉藻のお産だ。だが、直ぐに生まれる気配はなかった。毎日のように五十間

道の裏長屋に住む産婆のおくまが引手茶屋の山口巴屋に顔を出して玉藻の様子を診たが、

「頭取、未だやな」

と言い残して戻る日が繰り返されていた。こちらは待つしか四郎兵衛にやることはない。

　もう一つは荒海屋金左衛門となんらかの関わりをもつはずの色事師小太郎が、浅草上平右衛門町の年増女お恭の家か、中之郷横川町の口入屋に姿を見せないか、身代わりの左吉の仲間が見張っていた。だが、どちらにも小太郎が姿を見せる気配はなかった。

もう一つ、俵屋萬右衛門の品川宿外れの居木橋村の借家の様子を南町奉行所定廻り同心桑平市松の知り合いの御用聞きに時折り、見に行かせていた。だが、萬右衛門、お市の老夫婦に倅の太郎兵衛の三人はひっそりと過ごしているだけだという。倅の嫁のおなかは壱太郎、参之助に末娘のしのを連れて、おなかの実家に戻ったらしい。長女のお華と次男の万次郎がどこにいるのか、未だ行方が知れなかった。

この日の昼前、四郎兵衛は、女裏同心の澄乃を伴い、船宿《ふなやど》牡丹屋《ぼたんや》の老練《ろうれん》な船頭《せんどう》政吉《まさきち》の操る猪牙舟《ちょきぶね》で中之郷横川町の口入屋一朱屋をまず訪ねた。

五十男の口入屋の今蔵《いまぞう》は、一畳の広さの土間に突き出した三畳間に小机を置いて、所在なげに春から夏へと移ろう表を眺めていた。口入屋の前にはどぶ川が流れていたが、このところ雨が降らないせいで、汚水から腐ったような雑多な臭いが漂ってきた。

「ご免なさいよ」

口入屋の今蔵が顔を上げ、驚きの顔つきに変えて四郎兵衛を眺め、

「吉原会所の頭取おん自らお出ましとはね」

と言った。

「お邪魔しますよ」

「うちは船人足を口利きする程度の口入屋ですよ。七代目が足を運ばれるほどの女衆の口利きはないがね」

平静な顔に戻した今蔵が四郎兵衛から目を逸《そ》らした。

「何日か前、うちの者が色事師《ごとし》の小太郎なる者について問い合わせに来ましたな、あの一件ですよ」

「小太郎の一件ですか。ここんところ、野郎姿を見せませんな」

「今蔵さん、小太郎とは昔からの付き合いですかな」

「いえ、古い付き合いではございませんでな、二、三年ほど前か、あやつがふらりと面《つら》を出して、わっしの知り合いの名を出しましてな、なんぞ面白い話はないかと問い質したのが始まりですよ。自分はその知り合いの息子だというんですがね、信用はならない、わっ

しの知っている親父と小太郎の顔つきはえらく違います。とはいえ、うちはなんでも屋ですよ。正直、あいつの親父なんてどうでもよくってね。銭になる話ならなんでも受けますのさ」

と言い訳めいた長口上《ながこうじょう》を述べ立てた。

「小太郎が銭になる話をもってくればそれでよしというわけですな」

「本所の貧乏御家人《ごけにん》、裏店《うらだな》の住人らがうちの相手ですからね、能書きはいりませんや」

「で、小太郎は銭になる話をこちらに持ち込みましたかな」

「半年ばかり前に久しぶりに姿を見せた折りに、女からの文を預かってくれたら、一通につき五十文出すってんで、文を預かるようにしただけでございましてね、あいつ、懐具合がいいんですかね、きちんと一通につき、五十文を払っていきましたぜ。もっとも過日の遣いは一通に百文も払っていきましたがね」

と小太郎との関わりを告げた。

「小太郎の塒を承知ではございませんかね」

「女のところを渡り歩いているんじゃございませんかね。それにしても吉原の遊女とは珍しいね。小見世《こみせ》の年増女郎を騙して小銭でも儲けたかね」

「そんなところでしょうかな」

と四郎兵衛が応じて、

「今蔵さん、小太郎に関して面白い話があれば買わせてもらいますよ。これは手付けだ」

と一分《ぶ》を古びた小机の上に置いた。

今蔵は一分金《きん》に目を落としながら、

「頭取が仰るのは吉原の女郎からの文ですな」

「むろん廓に関わる文ですよ」

しばらく考えた今蔵が四郎兵衛の反応を窺うように見て言い出した。

「女郎の文とは別に吉原から幾たびか、文が参りましたな」

「宛名は小太郎ですな」

「いいえ、小太郎には関わりございません。何の仕事をしているのか、番頭風の三右衛門《さんえもん》って男が廓の引手茶屋からの文を五十文出して持っていきますな」

「今蔵さん、引手茶屋の名は分かりますかな」

「幾たび目のときかな、文遣いが気の利かないやつでさ、えらそうな物言いをするから、文は預からないと拒んだら、不意に仲之町の老舗の名を出しましたな。聞き流してしまって、妓楼だか引手茶屋だかの名は覚えていませんがな」

と今蔵が曖昧な顔で応じた。四郎兵衛は、

「この次、その文が来たら吉原会所に教えてくれませんか。一両で買い取りましょう」

「へえ、合点《がってん》しましたぜ、七代目」

と今蔵が受けた。

口入屋に澄乃を伴っていたが、澄乃は一切口を利くことはなかった。

猪牙舟に戻った四郎兵衛と澄乃を迎えた政吉が、

「七代目、次はどこですね」

と質した。

「大川を横切って神田川の入口、上平右衛門町につけてくれませんか」

「承知しましたよ」

と応じた政吉が、

「女裏同心さん、すっかり廓に馴染みましたな」

と四郎兵衛に話しかけた。

「ああ、いかにも、大助かりしていますよ」

四郎兵衛と政吉の問答を聞きながら、澄乃は二人の胸中を神守幹次郎の不在が大きく占めていることを感じとっていた。

「澄乃、口入屋の今蔵の話を聞いてどう思いましたな」

四郎兵衛が話柄を変えた。

「吉原を赤い雨のようなものが覆っているように感じました」

「赤い雨ですか」

と四郎兵衛が独白し、

「赤い雨などこの年まで生きてきたが見たことがないな、澄乃さんよ」

と思わず政吉が口を挟んだ。

「母が存命のころ、幼い私とだれぞの墓参りに行きました。お墓の周りに真っ赤な彼岸花《ひがんばな》が咲いていて、まるで赤い雨が溜まったようで、風に雨が揺れているように思えました。幼い私はなぜか彼岸花を見て赤い雨と感じたのです。母が身罷ったのはそのあとのことです」

と思わず澄乃が二人に言い訳した。

「政吉船頭が言うように赤い雨などこの世にはない。だがな、これまで吉原になかったような異変が襲いかかっているのは確かだ。そいつを澄乃は赤い雨と思った。俵屋だけでは吉原の赤い雨は終わらぬか、澄乃」

「四郎兵衛様、今蔵さんの話はそれだけ単独とは思いません。話を聞いているうちに赤い雨は始まったばかりかと思いました」

「私もな、この俵屋の一件で事が収まるとは思えないのだ。色事師の小太郎などはただの使い走りです。こいつを捕まえても騒ぎの解決の目途が立つとも思えませんがな、ただ今は一つひとつを丹念《たんねん》に追っていくしか手はありませんでな」

はい、と返事をした澄乃が、

「浅草上平右衛門町にはどなたを訪ねていかれますので」

「身代わりの左吉さんがな、小太郎を調べてくれました。あやつの古い馴染の、年増女のお恭が住んでおりますそうな。小太郎が隠れ家として必ず使うはずだと聞きましたでな、会《お》うてみようと考えたのです」

四郎兵衛は、左吉から聞かされた話を澄乃に告げた。

「役者上がりの小太郎に会ったことはありませんが、女はなぜかような男に騙されるのでございましょうか。俵屋のお涼さんは初心《うぶ》な遊女ゆえ騙されましたが、年増女のお恭さんはどうでしょう。小太郎のことを厄介な遊び人とすでに見抜いているのではありませんか」

「ありうるな。となると浅草上平右衛門町を訪ねても無駄足か」

「いえ、それはなんとも」

しばし沈思した四郎兵衛が、

「澄乃、なんぞ考えがあるか」

「気にかかることがございます」

「なんだな」

「俵屋さん一家は品川宿外れに存命と聞きましたが、未だ正体の知れぬ一味がこのまま黙って見逃しているものでしょうか」

「うむ」

桑平市松の息がかかった御用聞きが時折り見張っているという。今のところ一味が手出しをするまいと考えていたが甘かったか。

「四郎兵衛様、未だ俵屋の一家に災いが降りかかっているとしたら、俵屋は一味になんらかの方法で居場所を知らせたとは考えられませぬか。小太郎が口入屋を文の仲介場所にしていたように、品川宿の口入屋などを通じて一味に知らせたということはありませぬか」

「俵屋萬右衛門は相手方の塒を承知していたと言いなさるか。そのうえで吉原を逃げ出し、隠れ家を定めたあと、相手に人質になっている孫の無事を問い合わせたというのか」

「四郎兵衛様、俵屋にとって大金より妓楼の沽券より大事だったのは身内の命でございましょう。その身内、おそらく孫と思われる二人が未だ一味の手にあるとしたら、萬右衛門様はどう動かれましょうか」

四郎兵衛が居木橋村の借家で会った折りの萬右衛門は、一味から身ぐるみはぎ取られ、さらに孫二人を拉致《らち》されていると推定された。動くに動けないはずだった。

四郎兵衛は、あの折り五十両の金子を旧吉原以来の尾張知多者にそっと置いてきた。あの五十両を使って萬右衛門が動くことは十分考えられた。

「政吉父《とつ》つぁん、行く先を変えた。品川宿の目黒川を遡《さかのぼ》って居木橋村に猪牙舟で行けるかえ」

「大川河口から江戸の内海に出て目黒川な、なんとか行けねえことはあるまい」

と応じた政吉の櫓《ろ》の操り方が変わった。


八つ半前、目黒川を遡った政吉船頭の猪牙舟は、居木橋村の東端の見知った土手に着けていた。桑平市松同心と二人で訪れて以来、十日後のことだ。

四郎兵衛は澄乃を伴い、竹林に囲まれた借家に向かった。竹林の坂道を上がる途中で、澄乃は妙に緊迫した気配を感じた。

「四郎兵衛様、なんぞ異変を感じませぬか」

「人の気配がするな。萬右衛門一家の醸し出す様子とは違うな」

澄乃は四郎兵衛を背後に回し、腰に巻いた麻縄をいつでも引き抜ける構えで上がった。

「だれでえ」

と明らかに御用聞きと思える形《なり》の男が澄乃と四郎兵衛を睨んで、小者たちも十手《じって》を構えた。

「親分さん、お待ちください。私は吉原会所の四郎兵衛と申します」

と澄乃の前に出た四郎兵衛が言葉を発した。

「おお、吉原会所の頭取かえ」

「そなた様は南町奉行所定廻り同心桑平市松様の知り合いですな。過日、私が桑平同心とこの家を訪ねたことは承知ですね」

「おうさ、おりゃ、品川の御用聞き、東海寺《とうかいじ》門前で花屋をひらく梅五郎《うめごろう》だ。先日な、桑平の旦那にこの家を時に見張っていてくれと命じられましてな」

「梅五郎親分、そのことは桑平様からお聞きしましたで承知です。なにがありましたので。お教え下さいませんか」

「一刻半（三時間）ほど前のことよ、子分が見廻りに来てみると、人影が見えないってんで家じゅうを捜すと、外蔵の中でよ、首吊りをした萬右衛門ら三人が見つかったんだ。で、ともかく桑平の旦那にと思い、遣いを出したところなんだよ」

「俵屋の萬右衛門さんら身内の三人が首吊りですと」

「おれたちは桑平の旦那が来るのを待っているところよ」

と花屋の梅五郎が言った。

「なんということが」

と呟きながら妙な感じを持った。

自裁《じさい》するのならば、廓から夜逃げ同然に出ていくことなく角町の俵屋でも、金杉村の御寮でもよかったのではないか。なぜこの品川宿外れの居木橋村の借家の外蔵で首吊りをしなければならなかったのか。なにが萬右衛門らを失意に追い込んだのか。それに嫁のおなかと五人の子は無事なのか。

「亡骸を見せて頂くわけには参りませんか」

「頭取、桑平の旦那が医者を連れてくるはずだ。それまで待ってくれませんかね」

梅五郎が四郎兵衛に願った。

「御用が先でしたな。いかにもさようでした、待たせて頂きましょう」

四郎兵衛と澄乃が半刻ほど待ったとき、桑平市松同心が大番屋《おおばんや》出入りの医者を連れて姿を見せた。

「七代目、どうしなさった」

と桑平が四郎兵衛の姿に驚きの表情を見せた。

「いえね、俵屋さんのことが気にかかったものでね、それにもう一度萬右衛門さんと話したくて寄せてもらいました。すると、梅五郎親分方がこちらにおられましたので」

と四郎兵衛は桑平同心に応じた。

「頭取、まずそれがしとお医師が見聞するでな、今しばらく待て」

と願った桑平同心と医師が借家の裏手にある外蔵に向かった。

「澄乃、おまえさんの思いつきの赤い雨というのはこのことですか」

と四郎兵衛が質した。

「四郎兵衛様、ただ思いついた遠い記憶です。俵屋さんが自裁なさることを推量して申したわけではございません」

澄乃はふと口をついて出た言葉を悔いていた。まさかこのような死を招こうとは夢想もしなかった。

桑平同心と医師が姿を見せて、桑平が花屋の梅五郎に何事か命じた。梅五郎らの顔に驚きが走り、急いで母屋を抜けて外蔵に向かった。

「七代目。萬右衛門、お市、倅の太郎兵衛に間違いない」

桑平同心の言葉にしばらく四郎兵衛は言葉を発せられなかった。

(どういうことなのか)

この段階で俵屋萬右衛門一家三人はなにに失望したのか。

「過日、七代目とそれがしがこちらを訪ねたな。そいつを見張っていた連中がいたか」

「なぜそう思われますな」

「俵屋萬右衛門とお市が吉原の大門を抜けたのは、俵屋の遊女、奉公人のだれ一人気づいておらぬ。吉原会所も見逃している。萬右衛門は、妓楼と金杉村の御寮の沽券を奪い取られ、すでに一文無しだったと推定される。苦しい思いをして品川宿外れのここに逃げのびてきたのは、拉致されている孫二人を取り返すためだ。だが、我らがこちらに訪ねたとき、萬右衛門は未だ孫を取り返していなかった。なぜ一味は孫を手許に置いておき、萬右衛門方を生かしていたのか、理由《わけ》がなければならない」

「いかにもさようです。あの折り、私は桑平様にも気づかれないように五十両の金子を残してきました。萬右衛門さんは、あの金子を使い、一味に連絡をつけて、孫の解き放ちを強く願ったのではございませんかな」

「可愛い孫だ、なんとしても取り戻したかっただろうな。四郎兵衛、一味が萬右衛門をこれまで生かしておいた曰くはなんだ。もはや沽券は先方の手にある」

「そこです。沽券が俵屋の新たな主にあったとしても、本来旧主の萬右衛門さんが吉原会所に譲渡を告げる要がございました。相手としてはそこまでは萬右衛門さんを生かしておきたかった」

「では、この時期になぜ萬右衛門一家三人は自裁をしたのかな」

四郎兵衛はしばし沈思した末に、

「一味に萬右衛門さんは吉原会所への譲渡状を書くように強制された。沽券と萬右衛門さん自筆の譲渡書きが揃えば、吉原会所は俵屋の譲渡を認めざるを得なかったでしょう」

と応じた。

その言葉を聞いた桑平同心が懐から吉原会所七代目頭取四郎兵衛に宛てた、

「妓楼角町俵屋譲渡状」

と認められた書付を出して見せた。

「なんということが」

そのとき、戸板に載せられた三人の亡骸が外蔵から花屋の梅五郎の手下たちの手によって運び出されてきて、四郎兵衛と澄乃は合掌した。

「七代目、萬右衛門様方三人は自裁ではありません、首吊りに見せかけた殺しです。お医師どのも認めておられる」

四郎兵衛は桑平同心の顔を凝視し、再び、

「なんということが」

と呟きを漏らした。

三

吉原の日々は淡々と過ぎていった。

旧主萬右衛門は一見自裁に見せかけた殺しの死体の懐に自筆の譲渡状を残していた。一方、俵屋の沽券をすでに手にしているはずの荒海屋金左衛門から、吉原会所になんの連絡も入らなかった。

季節は夏に移っていた。

浅草田圃では田植えが始まり、苗の上を清々《すがすが》しい初夏の風が吹き抜けていた。

品川宿外れの居木橋村の借家で首を吊った、いや、吊らされた萬右衛門、お市夫婦に倅の太郎兵衛の死は、公にされていなかった。

四郎兵衛は三浦屋四郎左衛門には真実を告げた。四郎兵衛が三浦屋に出向き、帳場で二人だけで対面してのことだ。

話を聞いた四郎左衛門は長い沈黙のあと、

「七代目、吉原になにが降りかかっていますのか」

と問うた。

「それが不明でございましてな、はっきりとしたことは旧吉原以来の尾張知多者がまた一人減ったということだけでございますよ」

「太郎兵衛さんの女房おなかと三人の子は実家に戻っていると萬右衛門さんは言ったそうだが、他の三人はどこにいるのでしょうか。この一件をおなかさんの実家に知らされましたかな」

四郎兵衛は首を横に振った。

「三浦屋さん、太郎兵衛さんの女房は俵屋に禿《かむろ》として入り、数年後、太郎兵衛さんが嫁にして廓から出して、金杉村の俵屋の御寮に住まわせたな。太郎兵衛とおなかの祝言は内々で行われ、私ども吉原の者は一人として招かれておりません。おなかさんの実家がどこか、吉原会所も摑《つか》んでおりません。幾たびか顔を合わせましたが、寂しい顔立ちの美形だと記憶しております。連絡をとろうにもどうしようにも手の打ちようがございませんでな。倅太郎兵衛の女房おなかも三人の子も荒海屋一味の手に堕《お》ちたのではございませんかな」

四郎左衛門がごくりと唾《つば》を吞み込み、しばし黙り込んだ。

「なんということが俵屋さんに降りかかりましたか」

「三浦屋さん、俵屋だけではございますまい。中之郷横川町の口入屋一朱屋の今蔵が言うには、廓内の妓楼だか引手茶屋だかの一軒が、だれとも知れぬ者と文のやり取りをしているとのことです。むろん、文遣いなどは雇われた人間です。佐渡の山師荒海屋金左衛門は、私どもが想像もつかぬ大きな仕掛けで官許の吉原を乗っ取ろうとしていると思われます」

「なんぞ打つ手がございますかな」

「三浦屋さん、まずその前に五丁町の町名主にこの一連のことを知らせるべきでしょうかな」

「七代目は知らせるのはまだ早いと言われますか」

ふうっ、と大きな息を吐いた四郎兵衛が、

「情けないことにこの私、町名主も信頼できませんでな、俵屋一家三人の死は町奉行所も公にせずに探索すると伝えられております。廓の中で萬右衛門さんと二人の身内の死を承知なのは三浦屋さん、そなたと、居木橋村に同行した女裏同心の澄乃だけです。澄乃には居木橋村の一件、しばらく知らぬ振りをせよと命じてございます。町奉行所と同じく私どもも町名主にも内緒にして探索をしていこうと思いますがどう思われますかな」

三浦屋四郎左衛門は仏壇の代々の三浦屋の主の位牌《いはい》に視線を彷徨《さまよ》わせて、

「七代目、真実を知らされぬ会所の面々で、この騒ぎの解決の目途が立ちますかな」

「番方には知らせるつもりです」

「それはよい」

と四郎左衛門が言った。

「相手方はこちらが焦《じ》れるのを待っておると思います。ただ今、私どもが騒ぎ立てると廓内はがたがたになる。平静な態度で探索を続けるしかないと思います」

「でしょうな」

と応じた四郎左衛門が、

「七代目、一年はなんとしても頑張り通さねば、この吉原は正体の知れぬだれぞに乗っ取られることになりますぞ」

「いかにもさよう」

「七代目、まずは相手の正体を知ることだ。出来得るかぎりの手を尽くして荒海屋に迫ってみて下さい。お互い力を尽くした大勝負になります」

と三浦屋の四郎左衛門が言い切った。


その日の昼見世が終わるころ、澄乃は番方の仙右衛門に誘われて廓内の見廻りに出た。神守幹次郎がいた時分、仙右衛門は遠慮したのか澄乃を誘って見廻りに出た記憶がなかった。あったとしてもその見廻りにはだれかが加わっていた。

江戸町《えどちょう》二丁目の木戸を潜り、蜘蛛道《くもみち》の一つに入ったとき、先を進む仙右衛門が、

「澄乃、ついさっき七代目から俵屋一家の不幸を聞いた」

と振り返りもせず小声で言った。

「はい」

と話が聞こえた証に澄乃は返事をした。

「この話、当分、七代目、三浦屋の旦那、おれとおまえの四人だけの内緒ごとになる」

「はい」

蜘蛛道を進みながら住人に挨拶し、短い世間話をする間に切れ切れに交わした問答であった。

二人は江戸町一丁目と揚屋町《あげやまち》の妓楼に囲まれて、ひっそりとある天女池《てんにょいけ》の縁に出た。

桜季ことおみよと爺様が在所から携えてきた石の小さな野地蔵には季節の花が捧げられていた。

「澄乃、おりゃ、この廓の中で生まれ育ったんだ。そして、いまも廓に関わって飯を食わしてもらっている。そのおれもこんどのように面倒な騒ぎは初めて経験する。この場にどなたかがいたらと思わないわけではないが、詮無い話をする余裕はねえ。おれたちだけで野郎どもの企てを阻むしか手はねえ」

仙右衛門の険しい言葉に澄乃も黙って頷いた。

「澄乃、この騒ぎは吉原会所が、いや、吉原そのものが生き残るか、潰れるかの話だ。そう思わないか」

「番方、私もそう思います。なにより腹立たしいのは相手方のことを私どもはなにも知らないことです」

「そういうことだ」

と言った仙右衛門が、

「澄乃はこの数日、俵屋萬右衛門さん方が首吊りに見せかけて殺された出来事をあれこれと考えてきたはずだ。なんぞ知恵はないか」

仙右衛門の言葉に澄乃は口を開こうかどうしようか迷った。

「番方だ、新入りだという違いはこの際なしだ」

と仙右衛門は釘を刺した。

「ならば申し上げます。俵屋さんの番頭の角蔵さん、そして、こたびの萬右衛門さん、お市さん、倅の太郎兵衛さんが正体の知れぬ連中に殺されたのは、廓の外です」

「言わずもがなの話だな」

「吉原会所は廓の中の出来事の騒ぎを鎮める、防ぐことしか町奉行所から許されておりません」

「なにが言いたい、澄乃」

「神守幹次郎様が大仕事をされたのは廓の内外を自在に行き来されたからでございましょう。札差伊勢亀の先代、南町奉行所の定廻り同心桑平市松様、身代わりの左吉さんと、神守様には廓の外で動いてくれる方々がおられました」

「神守様ならではの人脈の広さだな」

「いかにもさようです。番方、こたびのことも廓内だけで探索しても相手方に辿りつけませぬ」

「澄乃、荒海屋なんとかが吉原に目をつけたのなら、いよいよのときは大門を潜ってこよう。そのとき、勝負すればこちらは地の利があるぜ」

「と、申されますがその折りには内堀も外堀も埋め立てたのちに悠々と攻めてきましょう」

澄乃の反論に仙右衛門が黙り込んだ。

「相手方ではっきりとしているのは色事師の小太郎です」

「七代目に聞くと、身代わりの左吉さんが追っているそうじゃねえか」

「番方、私が身代わりの左吉さんを手伝ってはなりませんか。一人より二人のほうが小太郎の行方を追う手間が省けませんか」

「ただでさえ吉原会所の手駒が少ないのだ。おめえに抜けられると廓の中が手薄になるな」

　仙右衛門が困惑の顔をした。

「番方、この一連の騒ぎのきっかけは火の番小屋の新之助さんでしたよ。新之助さんの手と知恵を借りない法はありませんよ」

「新之助な、やつにどこまで話すよ」

「事細かに話さずとも新之助さんは分かってくれます。番方の用事を聞くように私のほうから説明してもようございます。なにより荒海屋金左衛門が最初に話しかけたのが新之助さんです」

　と澄乃が念押しした。

「だったな。よかろう、おめえが廓の外で動けるように四郎兵衛様にはおれから許しを乞うておく」

「はい」

　と応じた澄乃に、

「この一連の騒ぎ、今日明日で目途がつく話じゃねえ」

「番方、いかにもさようです。ですが、同時に先方は、神守様が不在の間にケリをつけたいと考えていましょう」

澄乃は相手方が幹次郎の不在を狙って仕掛けてきたと考えていた。

「となれば一年以内、いや、もはや十月《とつき》ほどしか残されてねえ」

と思わず仙右衛門が澄乃に漏らした。

(そうか、吉原会所は一年に限って神守幹次郎を「放逐」したのか)

と澄乃は考えた。


天女池で仙右衛門と別れた澄乃は、水道尻の番小屋に気配もなく入り込んだ。すると新之助が吹き矢の稽古をしていた。

「戦に使えそう」

「澄乃さんの麻縄ほどの力はねえな」

と認めた新之助が壁にかけられた茣蓙《ござ》製の的に向かって吹くと、凄い勢いで矢が飛び出して的の真ん中に突き刺さった。毎日、吹き矢に工夫を加え、稽古に熱中していることを示していた。

「奥山にいるときよ、野草に詳しい芸人に習ったんだ、矢の先に紫色の愛らしい花のトリカブトから抽出した毒を塗ると、死なないまでも痺《しび》れて動けなくなるらしいぜ」

どうやら新之助は毒草を吹き矢に使うことも考えているらしい。

「なかなかの飛び道具に仕上がったわよ」

と澄乃が感心すると、

「なにがあったな、ここんとこ、会所の様子が険しいやな」

と新之助が澄乃に質した。

しばし沈思した澄乃が、

「番方から新之助さんに話があると思うけど手伝ってあげて」

「なにを手伝えってんだ。話が分からなけりゃ返事のしようがないぜ」

と応じた。

「新之助さん、四郎兵衛様と番方の許しを受けてない話よ。しばらく新之助さんの胸に留めると約束できる」

「妙に持って回るな。番小屋は吉原会所の支配下にあるんだぜ、ということはおれはすでに会所の一員だよな。死ぬも生きるもいっしょと思わねえか」

「死ぬの生きるのって言葉の綾《あや》ではないのよ」

澄乃が険しい顔で言った。

「分かっているって、話せよ。聞いて断るなんてことはしねえよ」

新之助の言葉に首肯した澄乃は、居木橋村の借家で起こった話を告げた。話を聞いた新之助が茫然としてしばらく黙り込んでいた。

「魂消たなんてもんじゃない。おい、澄乃さんよ、おれに話しかけた荒海屋金左衛門の一味が俵屋の旦那と女将さん、倅の太郎兵衛さんを首吊りに見せかけて殺したというのか」

「未だ会所では俵屋の危難が荒海屋の仕事という確たる証は持ってないの。ともかくだれの仕業であれ、旧吉原以来の老舗の俵屋の財産をとことん食い尽くしたのよ。そのうえ、未だ萬右衛門さんの孫たち二人が一味の手の内にあると思われるの」

「おい、萬右衛門さん方はやつらにとって使い道がなくなったから、殺されたんだよな。孫二人もすでに始末されているってことはないか」

「ないとは言えないわね。だけど、俵屋の財産を搾《しぼ》り取ることだけが一味の狙いじゃないとしたらどうなるの。吉原全体を手中に収めようと考えているのならば、まだ俵屋のお孫さんたちの使い道はあると言えないかしら」

澄乃の言葉に直ぐに反応した。

「吉原会所を脅す得物として俵屋の孫二人を使うということか」

新之助の言葉に澄乃が、

「ということも考えられる」

と応じて推量を言い添えた。

しばし二人の間に無言の時が流れた。

「こいつは一朝一夕《いっちょういっせき》では目途が立たないな、官許の吉原が潰されるかもしれないってことだ」

「最初にそれはお互い得心したでしょ」

「ああ、そうだったな。長丁場の戦いになるか」

と新之助が呟き、

「吉原に赤い雨が降っているのよ」

「なんだ、その赤い雨って」

「昔、母と見た彼岸花の群落《ぐんらく》よ、風が吹いて横殴りの雨のように彼岸花が幼い私に襲いかかった。そのあと、しばらくして母が亡くなった」

「赤いってのは俵屋の三人が流した血のことか」

「何かを指しているわけじゃないの。なんとなく真っ赤な雨がこの吉原に降りかかっているということよ」

「赤い雨は時節を待てば止《や》むのか、澄乃さんよ」

新之助の問いに澄乃が長いこと考え込んだ。そして、ゆっくりと首を横に振った。

四郎兵衛は沈思していた。この吉原を支えてきた神守幹次郎の姿はなく、五丁町の町名主で信頼のおけるのは三浦屋の四郎左衛門ただ一人だ。

(どうしたものか)

と胸の底に溜まった不安の滓《おり》をあれこれと考えながら掻き回した。

(尾張知多者の集いをなしてみるか)

ただ今この吉原に残っている尾張知多者は、七、八人か、思いつくかぎり顔を浮かべてみた。尾張知多者の集いは親父の代にも七代目の四郎兵衛の代にも開かれてはいない。祖父の五代目が存命の折り、開かれたと親父から聞いたことがあった。

(この集いはただ今の廓内では催すことはできまい、となるとどうしたものか)

と思い悩んでいると、

「四郎兵衛様」

と汀女の声がした。

「どうしなさった、汀女先生」

七軒《しちけん》茶屋の一、山口巴屋と会所を結ぶ隠し戸から姿を見せたと思しき汀女に質した。

「どうやら玉藻さんが産気づかれたようです」

廊下から座敷に上がり、坐した汀女が落ち着いた声音で言った。

「こんどは確かですかな」

「私の勝手で産婆を呼ばせました」

「おお、それは助かりました。このことばかりは父親も亭主も、ものの役には立ちませんでな」

と四郎兵衛が汀女に言った。すると、汀女が襟元から書状を出して四郎兵衛に差し出した。

「おお、京からですか」

「はい」

ぶ厚い書状を受け取った四郎兵衛が、

「汀女先生への文にはなんと認められておりましたな」

「麻は祇園の一力茶屋の女将さん付きで見習奉公を始めたそうな」

「そのことは先の文にございましたな」

四郎兵衛に頷いた汀女が、

「どうやら見習奉公に慣れたようで、一日一日が目新しいことばかりで楽しいとありました」

「それはよかった。で、神守様からなんと」

「四郎兵衛様の文に詳しく認めたゆえ、四郎兵衛様から聞くようにとの文にございました」

汀女の言葉を聞いた四郎兵衛が巻紙の書状を披《ひら》いて読み始めた。長い時をかけて二度三度と繰り返し読み、
ふうっ
と溜息をついた。

「なにがございました」

と四郎兵衛の険しい表情を見て思わず問うと、

「祇園も吉原と同じく赤い雨が降っておるようです」

「赤い雨ですと」

「おお、澄乃が吉原に降りかかったこたびの騒ぎを、赤い雨が覆っているようだと表現しましてな、澄乃からつい私も赤い雨なる言葉を頭に刻み込まれました」

と四郎兵衛が汀女に巻紙を差し出し、

「神守様は吉原にあろうと祇園にあろうと、修業はつねに戦場《いくさば》の真剣勝負にて行われま

す。澄乃の言う赤い雨が祇園にも降りかかっておるようです」

四郎兵衛の言葉の意を解することができず、書状に視線を落とそうとしたとき、

「汀女先生、産婆さんが来ました」

と料理茶屋の女衆が知らせてきた。

汀女は書状をいったん四郎兵衛に返して立ち上がると、

「こちらは汀女先生が頼りだ」

との四郎兵衛の言葉を背に隠し戸に向かった。

四

京の都では穏やかな緊張というべき日々が続いていた。

この朝、幹次郎は久しぶりに麻を誘い、清水寺に上がり、羽毛田亮禅老師に導かれて経を唱えた。むろん天明の大火事に見舞われた京の復興と、犠牲になった多くの人びとの霊を慰《なぐさ》めるためだ。そのあと、二人は音羽の滝に下りて産寧坂のお婆と孫娘のおやすの水汲みを手伝い、茶店へといっしょに戻った。

麻は幾たびか幹次郎に誘われて朝の慣わしに参加し、老師とも、そして、茶店のお婆や

おやすとも親しくなっていた。

音羽の滝での水汲みのあと、茶店を訪ねて茶を喫することが麻の楽しみになっていた。

祇園で髪結いを長年続けていたというお婆は、麻に祇園の花街の古い慣わしや仕来りを話してくれ、麻はその話を喜んで聞いた。

「麻はん、一力はんの暮らしには慣れはりましたか」

「お婆様、初めて聞く慣わしをあれこれと女将様から教えられます。なによりお座敷に遊びに来はるお客はんのお話の相手は未だ務まりまへん」

「麻はんかて無理やろな、未だ幾日も経ってへん。一力はんの客は、京でも通人《つうじん》ばかりや」

とお婆が笑みの顔で応じ、

「聞きましたえ、囃子方の姉さんが夏風邪を引いて寝込まれたとき、麻はんが囃子方に加わって琴《こと》を弾《ひ》かれたそうどすな。えらい評判やて」

「えっ、麻、さようなことをなしたか」

幹次郎が知らぬことをお婆が承知していた。

「突然のことにお客はんが機嫌を悪うされたんどす。その折り、座興《ざきょう》に、女将はんのお琴を借りて、昔の習い事を思い出しながら弾いたんどす。京風の琴とは違《ちご》うて、麻のとつとつとした弾き方をお客はんがなんでやろ、喜びはって、機嫌を直してくれはりましたんや」

「そなたが琴を弾くとは聞いていたが、それがし一度として聞いたことがないぞ」

「素人の遊び、座興です。義兄上にお聞かせする芸とはちゃいます」

「いえな、噂にお婆の耳にも入りましたがな、昔とった杵柄《きねづか》でっしゃろか。麻はんの半生が琴の調べに乗り移ったようで、嫋《じょう》々《じょう》とした琴の音色やったそうな」

お婆の言葉に麻も幹次郎も驚いた。

「さようなことがあったとは知らなかった」

幹次郎は驚きの言葉を繰り返した。

「義兄上、聞き流しておくれやす。花街の囃子方はんに失礼な素人芸どす」

「お客はんは喜んではると聞きましたえ」

とお婆が言った。

「麻はだれに琴を習ったな」

「幼い折り、母の琴を聞いて育ちました。それでなんとのう、うちも悪戯をするようになったんどす。幸せな日々どした」

と麻が遠くを見る眼差しで呟き、

「吉原に入ったとき、琴はいったん封印《ふういん》したんどす。それがな、伊勢亀の旦那様がどこからお聞きになったか知りまへん。座敷で弾かずともよい、自分の楽しみに稽古をしてはどうだと、琴を購ってくれはりました」

「その琴はどこにあるのだ」

「吉原から柘榴の家に持参した数少ない道具の一つどす。普段は納戸に仕舞ってございます」

「知らなかったぞ。わが柘榴の家に琴があるとは、それがし、迂闊にも気づかなかったわ」

「義兄上と姉上の留守の間に琴を出しては、時折り馴染んでいた程度、お二人には内緒どした。けど姉上はなんとのう承知やったと思います」

「驚いたな、麻にさような芸があるとはな」

二人の問答を面白そうに聞いていたお婆が、

「親しい間柄にも一つふたつ知らぬことがあったほうがいいのんとちゃいます、神守はん」

「お婆様に麻が琴を弾くことを教えられるなんて、迂闊過ぎる義兄じゃな」

と幹次郎が麻の知られざる一面を知って驚きを隠しきれなかった。

「神守はん、あんたはんにかける言葉やおへん。どのようなことでも頂に立ったお方はんは、身内も知らぬことを持っておられます。そのあたりが面白いのとちゃいますやろか」

お婆の言葉に頷いた幹次郎は、

「これからも一力の座敷で請われるのではないか」

「いえ、あの宵は囃子方はんの急病やよって格別どした。二度と座敷で悪戯するような真似はしまへん」

と麻が言い切った。

「さあてどうやろか、女将はんも旦那はんも、大事な客人のもてなしに麻はんの琴を所望されるんとちゃいますやろか」

とお婆が言い、

「麻、驚き賃じゃぞ、本日の茶代は麻が支払うのじゃ」

「はい」

と素直に受けるのをおやすが不思議そうな顔で見ていた。

幹次郎と麻が産寧坂の茶店を辞去したのを店の前で見送ったおやすが、

「お婆、あのお二人はん、義理の間柄やな、仲がよろしいな」

「義理というても、神守はんのお内儀の妹やおへん」

「えっ、お内儀はんの妹とちゃいますのん」

「三人はだれも血が繋《つな》がっておへん。江戸の遊廓で頂点を極めた麻はんを、神守はん夫婦が引き取り、義妹として身内にしてはると婆は見ました」

しばし沈思していたおやすが、

「うちには分からへん」

「おやす、祇園の花街も江戸の吉原も男はんと女はんの関わりは千差万別や。神守はんとこもその一つやろ。そやな、一つ家に暮らす三人は互いを信頼してはるんや。婆は神守はんのお内儀はん、汀女はんに会《お》うてみたいがな」

「どんなお方やろ」

「三人の間柄の要《かなめ》のお方が汀女はんや」

と祇園の花街で男女の仲をいくつも見てきたお婆が孫娘に言い切った。だが、まだ若いおやすには、三人の男女の機微《きび》が分からなかった。

幹次郎は麻を一力茶屋に見送っていったあと、禁裏門外一刀流の観音寺道場の朝稽古に参加した。

今朝は珍しく京都町奉行所目付同心の入江忠助が稽古に来ていた。

「おお、神守さん、それがしのご指導を願おう」

といきなり入江同心が言った。

「当道場で指導に携わるのは観音寺先生と師範方じゃぞ。それがしは客分と称する期限つきの門弟に過ぎぬ」

「とはいえ、それがし、神守さんの腕前を承知ゆえな、半端な腕前では太刀打ちできん。というわけでご指導願おう」

二人は稽古着に防具なし、竹刀で構え合った。

入江は正眼の構えから即座に攻めに転じた。幹次郎との技量の差を知る入江は、初心の心構えで面打ちから攻めかかった。

幹次郎は力の籠もった攻めを丁寧に弾き返し、二撃目の間を空けた。ゆえに即座に入江の竹刀が胴に転じ、小手《こて》を打ちと、体を常に動かしつつ、攻めてきた。

仕事が仕事だ。

幹次郎ほどではないが、実戦経験は豊富な入江忠助だ。幹次郎も手を抜くことなく一撃一撃に丁寧に応じて弾き返した。だが、幹次郎が攻めに転じることはなかった。

四半刻足らずか、攻める入江の息が上がってきた。

幹次郎は肩口に落とされた竹刀に己の竹刀を絡めて、鍔《つば》ぜり合いのように睨み合った。

「四条屋の儀助と祇園の大地主の猪俣屋の旦那を暗殺した禁裏流剣術の刺客じゃが、突きの殺法《さっぽう》から推測して不善院三十三坊《ふぜんいんさんじゅうさんぼう》と呼ばれておる痩身《そうしん》の者と分かっておる。じゃが、突きが得意とは申せ、このことだけで禁裏に関わる者を町奉行所がしょっ引くわけにもいかぬ」

と弾む息の入江が言った。

「不善院三十三坊とは本名かな」

竹刀での鍔ぜり合いの恰好で幹次郎が問うた。

「禁裏を警固する者はみな不善院と呼ばれる。姓は別にあるかもしれんが、名が三十三坊であることは確か。禁裏からの刺客はこの数年、不善院三十三坊、こやつが受け持っていることも確か」

と入江が幹次郎を押し返しながら応じた。

「それがし、その者に祇園社の南楼門前で待ち伏せを受けたことがある」

「なにっ、すでに不善院三十三坊を承知か」

「名乗ったわけでもなく問答をしたこともない。なにしろもう一組、別の待ち伏せがいたものでな、それがし、危うく命を長らえたようじゃな。舌打ちが聞こえたかと思うと姿が掻き消えていた」

「無口ながら微かな舌打ちをすることでも知られておる」

と応じた入江が、

「それにしても神守さん、そなたの暮らしには刺客二組が鉢合《はちあ》わせすることもあるのか」

「もう一組は入江どのも承知の旧藩の者でな、刺客ではない。ともかく旧藩の者たちに感謝せねばなるまいて」

と言った幹次郎は竹刀を引こうとした。すると入江が押し込んできた。

「入江どの、そやつに襲われし折り、それがしが助かる道は逃げるしかないかな」

「逃げてはそなたの御用が務まるまい」

「と、なると斬られるか斬るか」

「どちらにしろ、始末はわれら、京都町奉行所がつけることになろう」

「有難きお言葉かな。その者との出会いの場に注文がござるか」

「寺社仏閣内および禁裏でなければ、われらの手でなんとかなろう。三十三坊はすでに四条屋らの旦那を含めて七人の者を殺《あや》めておる」

「禁裏の刺客不善院三十三坊の頭分はだれだな」

「その者の名は言えぬ。禁裏にあって西国の大大名の京屋敷の用人格と親しき者としか、今は言えぬ」

と言った入江が、

「神守さんが不善院三十三坊の襲撃を返り討ちにしたとせよ、その場から早々に立ち去られよ」

「決着がつくということか」

いや、と入江が応じて、幹次郎は竹刀に力を入れて押し戻した。

「そなたの前に次なる刺客が現われような。あるいは刺客らの頭分が神守幹次郎さんの前に姿を見せような」

と入江が言い、さあっ、と竹刀を引くと、

「ご指導有難うございました」

と幹次郎に礼を述べた。


江戸吉原。

四郎兵衛は爺様になった。一人娘の玉藻と幼馴染の料理人正三郎の夫婦の間に子が生まれたのだ。

難産ではあったが赤子は元気に育っていた。赤子が誕生して七日目、母子ともに息災《そくさい》であった。

「四郎兵衛様」

との声がして汀女が吉原会所の七代目の座敷に姿を見せた。

すでに夜見世が始まって一刻は過ぎていた。

「薫子《かおるこ》ちゃんは日一日と愛らしくなる赤子ですね」

「見てこられたか、汀女先生」

「はい。爺様にも似ておられます」

「とは申せ、女では九代目にはなれませんぞ」

「それはまた先の話にございます」

「いかにもさよう。赤い彼岸花の雨がこの吉原に降りかかっておりますでな、この始末が先です」

「赤い雨とは澄乃さんの幼い折りの記憶だそうですね」

「いかにも澄乃の思い出じゃが、この四郎兵衛に気持ちが移ったようです。赤い雨が、死人の血でなければよいが」

「四郎兵衛様、彼岸花とも呼ばれる曼殊沙華《まんじゅしゃげ》は天上に咲く花にございますそうな」

と汀女が四郎兵衛の不安を振り払うように言い、

「なに、曼殊沙華は天上に咲く花ですか」

と四郎兵衛が問うた。

「この花を見る者の悪業《あくごう》を払うと伝えられ、天人《てんにん》が雨のように降らす花ゆえ曼殊沙華は彼岸花とも呼ばれるのです」

「ほう、吉原に降りかかった赤い曼殊沙華の雨は、悪業の報《むく》いの血の花ではございませんかな」

「違います。人の業を清める花にございます」

と汀女が首を横に振り、うんうん、と四郎兵衛が己に言い聞かせるように呟いた。


京祇園。

宵の強い雨が降って上がった。

幹次郎は番傘《ばんがさ》を手にいつもより白川の水面《みなも》が上がり、勢いよく流れているところを見ていた。

幹次郎は四半刻前より尾行者の存在に気づいていた。尾行者が、不善院三十三坊と呼ばれる禁裏警固院の一員かどうか、分からなかった。所司代の密偵甚左こと渋谷甚左衛門が、刺客を先方から幹次郎のもとへと向かわせると約定したのはだいぶ前のことだ。確かに一度は祇園社の南楼門前で待ち受けていた。だが、事情も知らぬ旧藩の者らの登場に禁裏流剣術の刺客は姿を消していた。

幹次郎は白川に架かる巽橋の上に佇んでいた。

再び雨の降る気配があるせいか、もはや白川沿いには人影はなかった。

はたして、雨が降り始めた。

だが、幹次郎は番傘を広げなかった。

刺客は不意に姿を見せた。

真っ白な小袖の着流し、腰に細身の剣を帯びていた。

「不善院三十三坊じゃな」

「ちぇっ」

と舌打ちが答えた。

「義によりて四条屋儀助どのと猪俣屋候左衛門どの、二人の仇を討つ」

幹次郎が宣告した。

「ちぇっちぇ」

と舌打ちが返事だった。

「おぬし、それがしを殺さねば祇園七人衆の旦那方、三番手は討てぬ」

「ちぇっ」

不善院三十三坊が細身の剣を抜いた。直刀かと思える細身の鋩《きつさき》を不善院は橋の欄干《らんかん》に載せ、ぐいっ、と肘《ひじ》で押した。すると物打《ものう》ち付近から剣が曲がった。その曲がった剣を左手に一本に構えて、半身《はんみ》にとった。

不善院三十三坊は左利きかと幹次郎は判断した。

番傘を広げ、左手で幹次郎は己の体を隠すように寝かせた。右手はあけている。

津田近江守助直は左腰に差し落とされたままだ。だが、すでに鯉口《こいぐち》は切られていた。

「参られよ」

幹次郎の誘いにも不善院は動かない。

「そなた、武術に疎い旦那衆でなければ細身の剣を揮えぬか」

「ちぇっ」

と舌打ちした不善院三十三坊が左手の剣を突き出すように踏み込んできた。

幹次郎の番傘がくるりと回されて不善院の突進してくる前に投げ出された。だが、不善院の動きは変わらなかった。

迅速な突きが幹次郎の胸を捉《とら》えようとした。

その瞬間、幹次郎の左手が助直の鍔を押し出し、腹前を躍った右手が助直を抜き打つと橋の袂《たもと》の常夜灯を受けて一条の光に変じ、襲いくる細身の剣を叩き斬ると同時に不善院の細身の胸部を撫で斬っていた。

一瞬の勝負だった。

ぐらりと揺れて橋上に留まった不善院の体が橋の欄干にぶつかり、白川の流れに落ちていった。

幹次郎は、白い細身が白川から鴨川へと消えていくと、助直を血ぶりして鞘に納め、四条屋儀助と大地主の猪俣屋候左衛門の霊に合掌して、

(今年の祇園の祭礼は滞《とどこお》りなく催すことを誓いまする)

と約定した。

夜雨《よさめ》が巽橋の幹次郎の体に降りつけ濡らした。

(戦いは終わりではない、始まりだ)

幹次郎は己に言い聞かせた。

光文社文庫

文庫書下ろし／長編時代小説

赤《あか》い　雨《あめ》　新《しん》・吉原《よしわら》裏《うら》同《どう》心抄《しんしょう》(二)

著　者　佐《さ》　伯《えき》　泰《やす》　英《ひで》

2020年3月20日　初版1刷発行

発行者　鈴　木　広　和
印　刷　萩　原　印　刷
製　本　ナショナル製本

発行所　株式会社　光　文　社
〒112-8011　東京都文京区音羽1-16-6
電話 (03)5395-8149　編　集　部
8116　書籍販売部
8125　業　務　部

落丁本・乱丁本は業務部にご連絡くだされば、お取替えいたします。
ISBN978-4-334-77986-3　Printed in Japan

組版　萩原印刷